청어

청어

1판 1쇄 발행 2023년 11월 10일

지은이 정명숙
발행인 이선우
펴낸곳 도서출판 선우미디어
등록 | 1997. 8. 7 제305-2014-000020
02643 서울시 동대문구 장한로 12길 40, 101동 203호
☎ 2272-3351, 3352 팩스: 2272-5540
sunwoome@daum.net greenessay20@naver.com

값 13,000원

※ 이 책은 충청북도 충청북도, 충북문화재단 충북문화재단 예술창작활동 지원사업 지원금으로 발간되었습니다.

ISBN 978-89-5658-742-4 03810

청어

정명숙 수필집

선우 sunwoomedia 미디어

작가의 말

고독과 외로움
틈새를 비집던 햇살 같은 행복
그것을 고스란히 모았다가 풀어 놓는다
어느 것은 별처럼 빛나거나
어느 것은 물이 되어 흘러가거나

모든 게 선물이었고
모든 게 덕분이었고
모든 게 사랑이었다

2023년 10월
정명숙

차례

2부 — 선녀와 나무꾼

3부 — 소멸하는 것들에 대한 위로

4부 — 감자

Chapter
1

익숙해지기

수시로 거처를 옮기면서
많은 인연을 맺었다.
깊은 인연은 오래도록 변함없이 이어지고
스치는 인연은 무심해진다.
떠나와서 돌아보면 내가 살다 온 곳에서 만난
소소한 인연도 모두 의미가 있었고 나를 여물게 했다.
이젠 내 생의 마지막 정착지로 정한
이곳에 새로운 의미를 부여하고 익숙해져야 한다.
세월이 흐르면 떠나온 것에 대한 추억은
시나브로 희미해질 것이므로.
–본문 중에서

익숙해지기

십 년 만에 하는 열다섯 번째의 이사다. 구정 명절이 지나자마자 도심의 끝에서 또 다른 끝인, 산골에서 산골로 거처를 옮겼다. 지인들은 나이 들었으니 편리한 아파트에서 살지 불편하게 주택으로 가느냐고 한다.

아파트에서 살아보니 편리함보다는 불편한 일이 많았다. 식구끼리만 살아도 늘 조용해야 하고 한밤중에 제사를 지내거나 가족 모임이라도 있으면 죄인처럼 아래위층의 눈치를 봐야 했다. 산골에서는 내 멋에 겨워도 남의 눈치 볼 일 없어 그리 편할 수가 없다.

같은 지명 안에서도 자리를 옮기면 낯설다. 주민들과는

정식으로 인사도 나누지 못했다. 익숙하지 않은 곳에서는 잘 나서지 못하는 성격 탓도 있으나 꼬리를 담그고 있는 역병으로 스스럼없이 얼굴을 마주하기엔 서로가 조심스러워 선뜻 나서지 못하고 있다.

새집으로 오면서 좋은 마음도 있지만, 걱정도 앞섰다. 이번에는 제대로 활착할 수 있을까. 언제쯤이나 주변 환경과 익숙해질 수 있을까. 나무나 꽃도 자리를 옮겨 심으면 누렇게 떠서 몸살을 앓는데 쉽사리 사람을 사귀지 못하는 나도 별반 다르지 않아 자꾸 으슬으슬 춥다. 봄이라지만 여백의 산과 들판은 아직도 가난해서 더 낯설고 서먹하다.

이사란 사는 곳을 다른 곳으로 옮기는 것을 가리키는 사회학 용어다. 누구나 살다 보면 여러 가지 이유로 이사를 하지만 내가 했던 열네 번의 이사는 집에 대한 좋은 조건을 따지기 전에 밥을 벌기 위한 수단이었다. 풍수지리를 본다거나 손 없는 날을 가리지도 않았다. 마치 유목민들이 먹을 것을 쉽게 구할 수 있는 강과 초지를 따라 이동하듯 그렇게 이사를 했다. 한곳에 정착하지 못하고 수시로 떠나야 하니 주변 사람들과의 관계도 깊어질 수가 없었다. 어느 곳에선 일 년도 살지 못했고 어느 동네에선 오 년을 살았어도 집 앞 마트나 세탁소 주인의 얼굴만 겨우 익히고 떠나기도 했다. 한데 이번에는 상황이 다르다. 잠시만 살자고 들어간 산골 집에서 오래 살았다. 십 년이 넘는 세월을 한 가족처럼 챙겨주고 다독여 주던 정든 사람들을 떠나왔다. 고향처럼 자꾸 마음이 향하는 곳이다. 무엇보다 데려올 수 없었던 들고양이들의 안부가 몹시 걱정된다. 아침이면 밥 달라고 현관 앞에 모여 있던 애처로운 눈망울들, 외출했다 돌아오는 차 소리만 들려도 우르르 몰려오던 열두 마리의 고양이들이 우편물을 가지러 갔을 때 한 마리도 보이지 않아 가슴이 내려앉기도 했다. 어느 집에서 든 거둘 것이니 걱정하지 말라는 위로의 말에도 그들과의 인연도 여기까지라고 생각하니 우울함이 몸을 덮는다. 생명이 있는 것들과 이별하는 일은 이토록 무겁다.

한때는 새로운 풍경과 공간을 찾아 그 안으로 들어가는 일에 거부감을 느꼈었다. 그러나 시간이 지나면 좀 더 나은 삶의 길을 선택할 수 있어서 위로되었다. 어찌 보면 내 삶은 끊임없이 낯선 곳을 찾아 누군가를 만나 익숙해지며 엘도라도를 꿈꾸었는지도 모른다.

수시로 거처를 옮기면서 많은 인연을 맺었다. 깊은 인연은 오래도록 변함없이 이어지고 스치는 인연은 무심해진다. 떠나와서 돌아보면 내가 살다 온 곳에서 만난 소소한 인연도 모두 의미가 있었고 나를 여물게 했다. 이젠 내 생의 마지막 정착지로 정한 이곳에 새로운 의미를 부여하고 익숙해져야 한다. 세월이 흐르면 떠나온 것에 대한 추억은 시나브로 희미해질 것이므로.

차가운 길

가을과 겨울이 뒤섞이는 혼돈의 계절이다. 한쪽에선 화려함이, 다른 한쪽에선 쓸쓸함이 배어 나오는 11월 중순, 짧아진 해가 기울기 시작하는 시간에 나를 흔드는 풍경을 만났다.

점심 약속이 있어 식당 주차장으로 진입하려다 도로 경계석과 부딪혔다. 차 밑에서 뭔가 부서졌는지 거슬리는 소리가 나고 계기판에는 노란 경고문이 올라왔다. 불안한 마음에 오후 약속을 취소하고 서비스센터로 달려갔다.

서비스센터에서는 별일 아니란다. 부서진 부분만 교체하고 시스템만 점검하면 된단다. 수리하는 동안 어디서 시간을 소비해야 할까. 잠시 주춤거리다 밖으로 나왔다.

이곳은 낯설지 않고 다정하다. 밀집되어있는 아파트단지 뒤로 개천이 흐르고 오래된 살구나무가 천변을 따라 이어져 있어 운동하기 좋은 곳이다. 사람들의 뒤를 따라 무심히 걷기 시작했다. 예전에 정들어 살던 동네라선지 익숙한 길은 홀로 걸어도 어색하지 않다. 스치는 바람에 마른 잎이 떨어져 스산하기는 해도 여기에서 경험했던 많은 일들은 단풍처럼 고운 빛으로 살아난다. 수없이 이 길을 걸으며 감성을 충전시켰었다. 그리고 삶의 방향을 전환했다. 자아를 발전시켜준 그때의 인연은 아직도 푸르고 정답다.

개천에 놓인 다리를 건넜다. 따스한 풍경이 보인다. 노란 비닐 포장을 두르고 붕어빵을 구워 파는 노점상이다. 찬 바람 불면 많은 이들의 마음을 훈훈하게 해주는 길거리 간식이 아닌가. 싸고 맛있게 먹을 수 있어 누구에게나 사랑받는 붕어빵이 틀 위에 일렬로 서서 손님을 기다리는데 멈추는 이가 없다.

포장 손수레를 앞에 두고 살구나무길 작은 나무 의자에

자리를 좁혀 앉아있는 부부는 행인들의 눈치를 보고 있다. 아내는 잔뜩 겁먹은 표정이다. 아마도 먼 나라에서 온 이주 여성인 것 같다. 햇빛에 검게 탄 얼굴과 행색은 초라하고 흔들리는 눈빛이 애처롭고 슬프다. 운동하거나 지나치는 행인은 제 갈 길만 가고 포장마차에 눈길을 주는 사람이 좀처럼 보이지 않는다. 반갑던 마음이 빠르게 식는다. 민망해하는 부부의 눈과 마주치지 않으려 고개를 숙이고 지나쳤다. 그리고 천변을 따라 다시 걷기 시작했다.

나는 먹고사는 문제보다는 내 안의 채워지지 않는 그 무엇과 가지 못한 길을 기웃거리고 그리워했다. 그늘진 현실 속에 있어도 닿을 수 없는 무지개를 잡고 싶었다. 이 길을 수 없이 걸으며 갈등하고 고민했다. 그리고 꿈을 꿈으로만 남겨두지 않고 현실로 만들었다. 누구의 누가 아닌 당당한 나로 진정한 성취를 맛보고 삶을 반전시켰다. 내 삶이 가장 뜨겁게 지나간 자리가 이곳이다.

천변을 걷는 사람들의 표정을 살핀다. 걷는 일에만 집중하고 있는 사람, 어느 사람은 생각에 빠져있고 어느 사람은 몹시 화가 난 듯싶고. 어느 사람은 즐거워 보인다. 각기 다른 표정과 몸짓으로 걷는 저들은 행복한 사람들인가. 오백 원 동전 하나면 살 수 있는 붕어빵을 팔아 생계를 이어가야 하는 절박함이 보이지 않아 다행인가. 나는 잘살아가고 있는 건가. 타인에게 곁을 내주지 않고 내가 원하던 일을 하며 행복을 추구하고 가족만 끌어안고 살아가는 게 진정 내가 꿈꾸던 삶이었을까.

붕어빵 장수의 쓸쓸한 모습이 나를 흔들고 있다. 사람마다 각기 살아가는 방법이 다를 터, 저 부부도 좀 더 나은 미래로 가기 위한 과정일 것이다. 나도 젊은 날에는 안정된 삶을 위해 치열하게 달렸지 않은가. 불안과 초조함에 시달리면서 견디던 날들이 내 안에 남아 저 부부가 이리도 안쓰러운 것이다.

정비소로 돌아가는 길에 노점상을 앞에 두고 잠시 멈칫거렸다. 식어가는 붕어빵을 바라보며 부부는 오가는 행인의 발걸음 소리에 귀를 세우고 있다. 만추의 농익은 자태는 그저 풍경일 뿐이고 겨울이 가깝다는 걱정이 먼저이리라. 부부의 모습은 천변을 걷는 내내 머릿속에서 떠나질 않았다. 추억을 들추면서도 마음이 불편했다. 바라보고 있는 지금은 더 불편하다.

이 세상은 아쉬움을 품은 사람들이 모여 사는 곳인가 보다. 지적 욕구가 먼저였던 나보다 생계가 우선인 저들을 보면서 몸보다 마음이 먼저 독감에 걸린 것처럼 마른기침이 멈추지 않는다.

붕어빵을 두 봉지 샀다. 잠시 환해지던 부부는 다시 나무 의자에 앉아 정물이 된다. 찬바람에 낙엽이 우수수 떨어진다.

키스

사랑과 죽음의 결합인가. 여인은 벼랑 위에서 무릎을 꿇고 벼랑 끝에 발끝을 세웠다. 조금만 움직여도 낭떠러지로 떨어질 수밖에 없는 불안한 열정이다. 그녀는 한없이 믿고 신뢰한다는 듯 자기 얼굴을 감싸고 볼에 입맞춤하는 남자의 한 손을 살며시 잡고 있다. 꿈을 꾸는 듯 눈을 감은 여인의 발그레한 얼굴은 성적 황홀경을 느끼고 난 것처럼 빛이 감돈다. 금빛의 화려한 의상을 입은 남녀가 벼랑 끝에서 나누는 키스는 신비하고 불안하면서도 매력적이다.

곱슬머리 남자가 착용한 의상의 무늬는 직사각형으로 완강하고 힘차 보인다. 여자의 긴 원피스에는 원형의 그림이 그려져 있어 부드럽고 수동적이다. 추상적인 무늬와 꽃, 바닥의 정형화된 형상들은 화려하다. 포옹한 채 황금색 천에 둘러싸인 두 사람의 구별은 희미하지만, 기하학적인 옷의 문양이 확연하게 남녀를 구분해놓았다. 그림에 대한 지식이 없는 내가 보기에는 불안하고 구성과 편집이 기이하다. 작가는 작품을 통해 무엇을 말하려 한 것일까. 현실에서 흔히 볼 수 있는 풍경을 통해 현실 너머의 본질적 관계를 성찰하라는 건가. 포옹하고 있지만 뜨겁게 사랑을 나누는 것 같지도 않다. 왠지 외부와 단절된 그들만의 관계 같아 쓸쓸해 보이는 건 나만의 해석일까.

오스트리아의 벨베데레 궁전 미술관에서 구스타프 클림트의 그림을 만났다. 운 좋게 개관 300주년 기념으로 클림트의 특별전을 하고 있었다. 많은 명화 중, 한 작품 앞에서 오래 머물렀다. 복사본으로만 감상하던 '키스'다. 남자에게 안겨있는 여자의 표정이 무척이나 행복해 보여서 유달리 마음속으로 깊게 들어오는 그림이다.

한때는 외설로 여겨졌던 클림트의 작품들이 지금은 관능

미와 에로티시즘으로 찬양받는다고 하니 세상이 바뀌었다. 그의 작품 앞에 서서 얼굴을 붉히며 부끄러운 마음이 들지 않을 만큼 개인적인 감정조차 숨길 필요 없이 모두가 스스럼이 없다. 내게서도 인간의 육체가 발하는 미묘함이 느껴지는 게 자연스럽다. 사랑하는 사람과의 부드러운 키스는 얼마나 달콤하고 황홀한가. 절벽 위라도 두려움이 없을 터다.

오스트리아의 미술계를 선도했던 클림트지만 시대를 앞서간 화가는 선정적이고 퇴폐적인 작품을 그린다는 비난에서 벗어날 수 없었다고 한다. 평생 결혼하지 않고 많은 여자와 염문을 뿌리며 영감을 얻었던 고독한 작가는 현실 세계와 환상세계를 몽환적으로 중첩 시키고 죽음과 염세주의, 관능과 에로티시즘을 고집했다. 타인을 의식하지 않은 화가로서의 우월한 자존감은 어디서 오는 건가.

작가는 자기 작품을 설명하지 않아야 한다. '예술가로서 클림트를 알고 싶다면 내 작품 속에서 내가 누구인지, 무엇을 원하는지를 알아내라'라는 그의 말처럼 보는 사람마다 해석이 다른 '키스'의 주인공 남자는 클림트이고 여자는 그의 영원한 정신적 사랑이었던 에밀리 플뢰게라고 추정할 뿐이라고 한다.

클림트는 자기의 작품을 설명하지 않았다. 상상은 완벽하게 독자의 몫으로 남겼다. 작품 앞에서 오랜 시간 서성였지만 작가가 그림 속에서 무엇을 말하려는 건지 알 수 없었다. 그저 내 방식대로 해석하면서 삶 속에 깃든 먼 곳의 인연을 그리워하고 글 한 편 제대로 쓰지 못하는 자신을 자책하며 중세의 낯선 거리를 걸었다.

나는 글을 쓰면서 독자가 이해하지 못할까 봐서 설명하려는 습관을 쉽사리 버리지 못하고 있다. 자신감이 부족해서라는 생각에 자존감이 사정없이 추락한다. 작가의 길이야말로 절벽 위에서 나누는 키스보다 불안한 열정이다.

눈물

가장 인간적인 감성을 표출해준다. 슬픔과 기쁨, 분노와 고통의 근원이다. 때로는 생성의 힘이 되기도 하고 그 힘을 극대화해 생의 에너지가 되기도 하는 눈물은 썩지 않으니 변하지도 않는다.

그녀의 아들은 훤칠한 키와 준수한 외모로 타인의 눈길을 끌었다. 결혼 적령기를 넘겼지만 번듯한 겉모습은 누구라도 탐을 낼 만큼 멋진 청년이었다. 처음엔 항상 아들과 함께 다니는 것이 이상했다. 이유를 알기까지는 오랜 시간이 걸리지 않았다. 산만해지기 시작하면 엉뚱한 행동을 한다. 잠시도 눈을 뗄 수가 없다. 때와 장소를 가리지 않고 아이처럼 떼를 쓰기 시작하는 아들의 말을 들어주며 조곤조곤 달래던 그녀는 수시로 눈물을 흘리고는 했다. 부족한 자식이 있으면 누구라도 그러할 것이다. 좋은 일도, 맛난 음식도 선부른 위로마저 무슨 소용인가. 주위의 따가운 시선보다도 견디기 힘든 건 남편이 아들의 장애를 아내 탓으로만 돌리고 외면하는 거란다. 남편이 주는 상처보다 더 아픈 자식으로 많은 눈물을 흘리지만, 곁에 있으니 볼 수 있고 만질 수 있어 살아야 할 이유고 희망이라고 했었다.

그 자식이 눈 깜빡할 사이에 유명을 달리했다. 교통사고였다. 자신보다 며칠만 먼저 세상을 떠났으면 좋겠다고 입버릇처럼 말하더니 결국 그렇게 떠났다.

아들을 잃은 슬픔을 상명지통喪明之痛이라고 한다. 눈이 멀 슬픔이라는 것이다. 오랜만에 만난 그녀가 죄인처럼 고개를 숙인다. 초점을 잃은 눈이 허하다. 남들보다 삶의 여정에서 받은 상처가 유난해서인지 짙은 고독감이 온몸을 감싸고 있다. 대화를 나누는 중에도 눈물을 주체하지 못한다. 마치 온몸에 물길을 낸 것처럼 눈물이 흐른다. 깊은 울음이다. 한동안 울음을 잊고 지냈던 내가 그녀와 마주 앉아 눈물로 말을 대신한다.

관습에 얽매어 집밖을 모르던 어느 날 문득 잃어버린 자아를 찾겠다며 늦은 공부를 시작할 때였다. 나는 사람들에게 관심의 대상이었다. 웃지도 않고 말수도 적으며 항상 눈물을 글썽거리고 있어 말하지 못할 상처라도 받은 여자처럼 예사로 보이질 않았다고 했다. 누구에게도 쉽사리 털어놓지 못하는 고단한 삶을 속에 가두고 내색하지 않으려 해도 수심 가득한 표정이 겉으로 나타나는 걸 어쩌지 못했나 보다. 습관처럼 눈물로 말을 대신하기도 했던 것은 실컷 울고 나면 다소나마 숨쉬기가 수월해서였는지도 모른다. 돌아보니 그녀의 고통에 비하면 한숨짓고 울 일이 아니었다. 아이들은 부족한 환경에서도 잘 자라주었고 스스로 개척해야 할 삶을 방관한 건 자신이었다.

생애에서 처음 겪는 끝없는 회한으로 격렬한 울음은 운 것은 아버지와 이별하면서였다. 장례를 치르면서 슬픔의 무게를 견딜 수 없었다. 세상의 모든 슬픔이 내게 와 있는 것처럼 비통했었다. 시간이 지나면서 슬픔에 빠져 자책하는 내 모습을 아버지가 보신다면 무척 마음이 아프실 거라는 생각이 들었다. 무엇보다 남겨진 엄마가 걱정되었다. 눈물은 다시 일어설 힘을 부여해 주었다. 부모가 죽으면 땅에 묻고 자식이 죽으면 가슴에 묻는다더니 세월이 흐르면서 슬픔과 그리움은 잦아들었다. 자식을 가슴에 묻은 그녀의 슬픔을 어찌 내 슬픔과 비교할 수 있겠는가. 지금 그녀는 눈이 멀 정도로 울고 있다.

살면서 많은 눈물을 흘렸다. 울음 속에서 태어나 만고풍상을 겪으며 눈물 바람으로 살았지만, 눈물의 생성하는 힘으로 일어서기도 했다.

예고 없는 이별 앞에서 흘리는 눈물은 하염없다. 상실의 고통을 겪는 그녀에게 시간이 지나면 조금씩 괜찮아질 거라는 위로는 차마 하지 못한다. 떠난 자식의 그림자를 좇는 허한 그리움은 먼 하늘의 꽃구름같이 눈물 속에 아슴아슴할 터다.

그러나 그녀에게는 또 다른 자식이 남아 있다. 모진 고통을 안고 살아도 현실에 주저앉지 말고 눈물의 힘으로 일어나야 하지 않겠는가.

모든 죽음을 배웅하는 건 남아 있는 이들의 뜨거운 눈물이다.

저녁 6시와 7시 사이

환함의 순간적 머무름이다. 대기를 어루만지는 빛의 미묘함이다. 해지기 직전 잠시 머무는 잔광은 번쩍이지 않고 그냥 환하다. 강하지 않고 차분히 가라앉은 저녁 빛은 욕심을 버린 편안함이다.

시간을 쪼개 써도 모자랄 시기에 아프다는 핑계가 길었다. 무기력증에 빠져 해야 할 일이 있으면 마지못해 움직이고, 생각 없이 허비한 날이 보름을 훌쩍 넘겼다. 돌려받을 수 없는 아까운 시간을 아까운 줄 모르고 흘려보냈다. 할 일 많은 젊은이가 아니어서 더 게으름을 피웠다. 그러다 무심한 눈길로 바라보던 저녁 풍경에 소스라치게 놀라고 말았다.

어둠이 배웅나오기 전, 순간의 밝음에 모든 사물이 환하게 빛나고 있었다. 가지마다 활짝 피었던 매화가 지고 어느새 뾰족하게 내민 초록 잎도, 꽃잎 진 자리에 조롱조롱한 작은 열매 위에도, 돌 틈 사이에 피어나 금방 세수한 아이처럼 맑고 화사한 노란 민들레꽃도 한낮보다 더 선명하게 보인다. 서쪽 끝으로 방향을 바꾼 해가 순한 빛으로 만들어낸 경이로운 풍경에 가슴이 뛰기 시작한다.

저녁엔 무모함이 지나고 명상이 오는 때다. 하루의 그림자가 가장 길어서 나 자신을 나보다 더 멀리 나아간 그림자에 포개 보는 시간이기도 하다. 세상살이에 지쳐 모든 게 너 때문이라는 원망도 억울함도 사그라지는, 그래서 시간이 약임을 확신하게 되는 저녁, 유한한 시간에 몸이 달기도 하는 내 삶도 저녁 6시와 7시 사이에 있다. 이 시간, 나는 환하게 빛나고 있는가.

어느 때부터였을까, 친구들을 만나면 은근슬쩍 꺼내던 남편이나 자식 자랑도 사라졌다. 명예나 재물에 대한 욕심도 시들하다. 서로의 늙음을 인정하고 건강을 염려한다. 별

것 아닌 일로 호들갑스럽게 웃으며 수다 떠는 가벼운 것들을 좋아한다. 그런데 나는 아직 버리지 못하는 게 있다. 늙은이와 젊은이에 대한 고정관념이다. 이러한 편견을 떨쳐버리려 하지만 잠재의식 속에 도사리고 있는 암묵적 편견에서 벗어나기가 쉽지는 않다. 고단한 시간이 지나고 편하게 쉴 수 있는 저녁의 삶이 좋다는 친구가 대부분이다. 그 속에 섞이지 못하고 나이 들었다는 핑계로 소심해지는 게 싫으면서 더러는 젊은이처럼 무언가 도전해 보겠다고 나선다. 그러면서 무모한 것은 아닌지 주춤거린다.

노인병원에서 요양보호사로 일하고 있는 친구가 있다. 나이 제한으로 취업할 수 없음에도 직접 찾아가 궂은일도 좋으니 일하게 해달라고 간청했다고 했다. 아들이 의사고 며느리는 교수다. 딸 가족은 외국에서 사는 가화만사성의 대표적인 가정이다. 요즘에는 직장에서 퇴근하고 나면 남는 시간이 아깝다고 영어 회화를 다시 배워야겠다고 벼르고 있다. 저물기 시작하는 삶이지만 주저하지 않고 순간적 빛의 머무름을 놓치지 않았다. 젊은 사람 못지않게 최선을 다

해 최대한으로 사는 친구의 모습은 환하게 빛이 난다.

주위를 돌아보면 나이 들어 살아가는 방식이 조금씩 다르다. 소소한 취미활동으로 만족하고 남은 시간은 흘러가게 두는 사람과, 때를 모르고 욕심이 과한 사람도 있다. 나는 친구처럼 잠시 빛나는 저녁 빛의 중심에서 자신을 밝고 선명한 존재로 만들 수 있는 지혜로운 사람이 좋다.

해 질 녘의 밝음은 잠깐이다. 길가의 가로등이 켜지면서 황혼은 어스름하게 어둠으로 깔리고 있다.

친정엄마

날마다 환해지는 어린 이팝나무꽃들이 가로등 아래 고요하다. 도심이 멀어질수록 불빛은 아득해지고 어둠이 짙다.

출근한 딸을 대신해 아기를 봐주고 집으로 가는 길이다. 아기 돌보미가 있어도 그 사람에게 사정이 생기면 만사를 제쳐놓고 가야 한다. 시간 맞춰 분유를 먹이고 수시로 기저귀를 갈아주며 틈틈이 눈을 맞추고 놀아주어도 칭얼대기 시작하면 안고 한참을 서성거려야 한다. 아기가 잠이 들면 시간에 쫓겨 집안을 치우지 못하고 출근한 딸을 대신해 청소와 설거지를 한다, 종일 쉴 틈이 없으니 저녁이면 녹초가 된다. 그런 엄마가 안 돼 보였는지 퇴근한 딸은 여유롭게 앉아있지 못하고 저녁 준비로 바쁘다. 아직 몸도 회복되지 않았다. 그냥 가면 서운해할 것 같아 안타까움을 떨치지 못하고 주저앉지만 차려주는 밥상 앞에서 목이 멘다. 아기가 밤중에 칭얼대면 잠도 못 잘 터인데 내일 아침 얼마나 피곤할까. 담쟁이처럼 온몸으로 삶의 벽을 오르면서도 속내를 드러내지 않아 나는 딸이 안쓰럽고 딸은 내게 속절없이 미안한 표정이다.

동동거리는 딸은 두고 나왔지만 고단한 모습이 그림자처럼 따라온다. 왜 그리 불쌍할까. 물질이 풍족해지고 남자의 사고가 변했다 해도 고된 여자의 길은 변하지 않는다. 사위가 도와줘도 직장과 육아, 가정 살림을 꾸려가야 하는 일은 결코 쉬운 일이 아니라는 걸 알면서도 내 딸만큼은 꽃길만 걸어가길 바라는 게 친정엄마다.

시야가 좁아진 밤중 운전이다. 속도를 줄이고 앞차의 불빛을 따라간다. 맏딸을 시집보내고 고생하는 자식을 지켜보면서 시간이 지나면 괜찮아질 거라며 다독여 주시던 어머니의 떨리던 눈빛이 차창에 어른거린다. 그때 어머니 심정도 나와 같았으리라. 속상한 마음을 감추고 자식이 힘들다 싶으면 넉넉하게 품을 내어주던 엄마, 언제든 찾아가 쉴 수 있는 든든한 의지처이고 편안한 의자였다. 그런데 나는 자식에게는 편히 쉴 수 있는 의자가 되어주려 노력하나 엄마에게는 그렇게 하지 못했다.

결혼한 자식이 아이를 낳으면서 친정엄마에게 향하던 발길이 뜸해졌다. 찾아오지 않는 자식 걱정은 예나 지금이나 변함없이 끌어안고 쓸쓸함을 삭히고 있을 엄마가 사무치게 그립다. 내 딸이 시집가서 아기를 낳고서야 친정엄마의 마음을 헤아리며 제 설움에 겹다.

마을 입구, 느티나무 아래 차를 세웠다. 달빛은 부드럽고 어둠 속에서도 나뭇잎은 살랑인다. 앙상한 뼈대만 남은 헌 의자 하나가 달빛을 그득하게 앉혀놓고 균형을 잡고 있다. 그 자리에서 사계절을 보내는 일인용 나무 의자는 많은 사연을 담고 있을 터다. 길옆 낡은 집에서 혼자 사시는 할머니가 집보다 더 늙은 몸에 가난의 옷을 입고 지팡이에 의지하여 외출하는 유일한 장소가 느티나무 아래다. 누구와 이야기를 나눌 사람도 없이 방향이 달라지는 나무 그림자를 따라가는 할머니의 눈에는 늘 기다림이 가득했다. 오가는 자식을 본 적 없으니 그분의 심정도 내 어머니와 별반 다르지 않을 터다. 자식에게 다 내주고 우렁이 껍데기처럼 가벼워진 몸으로 낡은 의자에 기대앉아 그리움을 키우는 일이란 얼마나 진을 빼는 일인가. 내 설움을 공유해주는 의자는 친정어머니가 사용하는 의자처럼 딱딱하고 불편하다.

친정집 현관 밖에도 작은 나무 의자 하나가 늘 그 자리에 놓여 있다. 현관이 서향인지라 지붕이 있어도 깊이 들어오는 오후 햇빛을 피할 수 없고 비바람이 불면 고스란히 맞아야 해서 나무도 제 색을 잃었다. 초라하고 보잘것없다. 그러나 오래된 낡은 의자는 가뭄에 콩 나듯이 찾아오는 딸을 대신해 무연한 눈길로 앞산을 바라보는 친정엄마와 함께한다.

느티나무 아래 의자에 앉아 적막한 밤하늘을 바라보는 동안 마음결이 잔잔해진다. 딸의 고단한 일상이 파노라마처럼 눈앞을 스쳐 간다. 예고 지금이고 늘 그렇게 종종거리는 게 여자들의 사람살인데 왜 나는 그렇게 가슴이 저렸을까. 친정엄마도 이렇게 시도 때도 없이 의자에 나 앉아 가슴이 저렸을 것을, 나는 그걸….

세월이 지나면 내가 그렇듯 딸도 엄마에게 향하던 애틋한 마음은 퇴색되고 제 딸을 보며 나처럼 가슴이 저려올까.

아무 일 없었다는 듯 집으로 들어왔다. 잘 도착했느냐고 딸에게서 전화가 온다. 방금 도착했는데 너는 뭐하냐고 물었다. 아기는 잠들고 제 남편이 고생했다고 어깨를 주물러 준다며 기분 좋게 웃는다.

갑자기 무언지 모를 그리움이 달빛 환한 개구리 울음소리로 천지가 가득해진다.

특별한 여행

이른 아침에 친구 남편의 부고를 전해 들었다. 망자에 대한 애도보다는 친구가 지고 있던 무거운 짐이 내려졌다는 안도감이 먼저 왔다. 장례식장에서 마주한 상주들의 표정은 덤덤하고 제단 위의 영정사진은 쓸쓸하다. 식사를 담당하는 도우미들도 무료하다. 첫날이라 문상객이 적은 것도 한몫하고 있다.

고인은 뇌경색으로 쓰러진 후, 얼마 지나지 않아 치매가 왔다. 거동도 불편해 화장실 출입도 쉽질 않았다. 체구가 작은 친구는 6년이 넘는 세월을 집에서 병시중을 들었다. 결혼 초부터 된바람 속에서 헤어나질 못했던 누나가 나이

들어서까지 고생하는 게 안타까웠던 친정 동생은 눈엣가시 같은 매형을 시설로 보내라고 성화를 댔지만, 아이를 대하듯 살뜰하게 보살폈다. 그녀라고 속이 좋아서 그랬을까.

내 삶도 전혀 평탄하지 않았으면서 친구의 삶을 들여다보면 나도 모르게 울화가 치민다. 그녀의 남편은 평생을 자기가 하고 싶은 일만 하고 산 사람이다. 아내에게는 늘 차갑고 자식에게조차 살갑게 대하지 않았다. 가장으로서는 무능하고 밖에서는 유능했다. 삶의 동반자로서 아내의 울타리가 되어주지 않는 남편을 바라보고 사는 일이란 얼마나 극심한 고통인가. 자식을 끌어안고 내공의 힘을 키우며 견디고 산 친구는 오늘보다 나은 내일을 기다리고 기다렸다.

친정아버지와 시아버지가 친분이 있는 사이라고 자식들의 의사를 무시하고 혼인시켰다. 여자 처지에선 순응할 수밖에 없었지만, 혈기 왕성한 남자는 받아들이지 않았다. 어쩔 수 없이 결혼은 했어도 배우자에게 마음을 열지 않으니 갈등만 깊어질 수밖에 없었을 것이다. 어찌 보면 고인의 삶도 행복과는 거리가 멀었을지도 모른다.

젊은 날부터 아내에게 경제적인 면도, 다정한 손길도 주지 않고 밖으로만 돌던 늙은 남편이 쓰러졌을 때, 그녀도 많은 갈등을 겪었다. 평생 속을 끓이며 살았는데 끝까지 이러나 싶어 분하고 억울한 마음을 어찌할 수가 없었다고 했다. 나쁜 생각도 했으나 어느 날부터 측은지심이 생기더란다. 너도 불쌍하고 나도 불쌍한 인생이더란다.

친구가 지난 일은 묻어두고 금실 좋은 부부처럼 지극정성으로 병구완하는 모습을 보면서 말문이 막혔던 것은 나뿐이 아니었다. 주변 사람도 친구들도 속없는 그녀를 이해하지 못했다. 아내의 손길이 닿지 않으면 물 한잔도 마시기 어려운 처지면서도 고생하는 아내에게 눈길조차 주지 않는 괘씸한 사람이었다. 치매가 오자 밖에서 맺었던 인연들을 잊은 채 아내를 엄마 찾듯 했다. 병들어서야 온전히 돌아와 용서도 구하지 않고 그녀의 차지가 되었다.

부부가 일심동체라는 말은 환상이다. 완벽한 둘이다. 남자와 여자는 각자 다른 세계에서 살다 결혼이라는 이름으로 오랜 세월 함께 살아도 서로 다 알 수 없다. 아무리 사랑하는 마음이 깊었다고 해도 일상처럼 싸우고 소 닭 보듯 사는 부부가 얼마나 많은가. 예외는 있겠지만 등 떠밀려 결혼한 사람들은 정서적으로 가까워지기가 더욱 어렵다.

자신에게 닥친 험한 고비를 현명하게 넘어온 친구의 표정이 가볍다. 그녀를 바라보며 작은 소리로 말했다.

"우리 시월에 여행 가자. 가서 무작정 걷기만 하자."

한 치의 망설임 없이 시원하게 대답하고 조문객을 맞으러 가는 친구 뒤에서 문상객들이 주고받는 말이 서늘하다.

"명은 좀 짧아도 복 많은 사람여, 어디서 저런 마누라를 만났는지 모르것어. 어지간히 고생을 시켰어야지. 그런디도 시설에 보내지 않고 몇 년을 지극정성으로 병시중을 들었잖여, 요즘 시상에 보기 드문 사람여, 장가는 잘 들었지! 부럽네!"

문상객의 말에 눈시울이 뜨거워졌다. 고인은 복 받은 사람이었고 남겨진 아내는 도대체 무엇이었나.

친구들과 머리를 맞댔다. 육개장에 밥을 말아 먹으며 여행계획을 세우는 목소리가 소곤소곤이다.

평범함을 위하여

주말이면 작은딸이 아기를 데리고 온다. 나는 모녀에게 '어서 오시라' 공손하게 허리 굽혀 절하고 방긋 웃는 아기를 받아 안는다. 딸이 어이없다는 듯 웃어도 희망찬 미래를 안겨주는데 그깟 절이 문제인가.

나이 든 자식과 함께 사는 친구가 여럿이다. 딸보다는 아들이 많다. 이젠 포기했다고 하지만 주변의 색싯감이나 신랑감에 눈독 들이는 것을 보면 아직 미련이 많아선가 보다. 어쩌다 모임에서 혼사 소식을 전하는 지인을 만나면 장가가는 늙은 자식이 고마워 절이라도 하고 싶단다.

혼기를 놓친 자식이 있으면 부모 마음은 몹시 불편하다.

아직 인연을 만나지 못해 그럴 것이라는 위로의 말도 공허하다. 남의 집 자식보다 못난 것도 아닌데 결혼할 생각을 하지 않아 문득문득 속상하다. 분가해서 따로 살고 있으면 조급증이 덜 할까. 부모 밑에서 집을 마련해야 하는 부담도, 밥걱정도 없으니 몸 달게 없다는 것인가. 한집에 살면서 시들해지는 자식 얼굴 보는 것도 편하지 않단다.

결혼은 했어도 출산계획이 없는 젊은 부부도 많다. 짝을 만나 가정을 꾸릴 때만 해도 아무 걱정이 없었다. 아이가 생기지 않아도 크게 걱정하지 않았다. 그러다 어느 날, 아이는 낳지 않고 우리 인생 즐기며 살겠다고 선언했을 때도 설마 했다. 평범한 삶을 거부한 자식으로 인해 당연하게 여겼던 손주의 탄생을 시나브로 포기해야 하는 서글픈 부모는 사는 재미도 없고 미래가 없으니 희망도 없다고 한다. 기다리다 지쳐서 이젠 나는 나대로 살고 너는 너대로 살다 가면 그만이라는 자조 섞인 말만 공허하고 쓸쓸하다.

삶에는 두 종류의 비극이 있다. 사랑을 얻는 비극과 사랑을 잃는 비극이다. 새로운 희망과 설렘으로 시작되어 싫증으로 끝나는 사랑이, 결혼은 해도 후회, 안 해도 후회라는 말과 상통한다. 사연은 각자 다르겠지만 간절함으로 결혼이라는 목적을 이뤘어도 짧은 시간 환희로 꿈틀대다 독하고 질긴 권태에 잡아 먹힌 부부들이 하나둘인가. 행복은 멀고 환멸은 가까이 있어 하루에도 몇 번씩 이혼을 생각하면서 자식이 적령기가 되면 얼른 혼인시켜 제 길 가라고 등 떠미는 건 무슨 조홧속인지 모르겠다.

딸들이 나이가 차면서 엄마처럼 살지 않겠다고, 그래서 절대 결혼은 하지 않겠다고 단호하게 말했었다. 서른이 넘어가자 초조해지기 시작했다. 마음이 변했는지 서른 중반을 넘어서자 결혼하더니 기특하게 금방 아이도 낳았다. 혼자였을 때보다 시련이 닥쳐도 아이가 있으니 인내하게 되고 희망이 있어 살만하다고 했다. 저희만 그럴까, 부모도, 주위 사람들도 아이를 보면 시름이 사라지고 행복하다. 가끔 아기 봐주러 가는 내게 문우는 기쁘고 감사한 마음으로 아기한테 절하고 보라 한다. 맞는 말이다. 그래서 나는 아기를 만날 적마다 공손하게 절을 한다. 우리에게 와줘서 고맙다고.

살다 보면 기둥서방 같은 존재가 필요하다. 자신의 고혈을 빨아먹는 존재이면서 동시에 의지할 수밖에 없는 '원수'다. 지혜가 힘을 얻기 위해서는 고뇌를 통과해야 하듯, 결혼생활도 힘을 얻기 위해서는 애증의 터널을 통과해야 한다. 결혼의 길은 행복과 불행의 줄다리기 같으나 고난이 깊을수록 인생의 참맛을 알고 노력함 속에 삶의 진리가 있지 않던가.

부모의 어려운 결혼생활을 보면서 마음을 닫았던 자식들이 생각을 바꾸고 안겨 준 선물, 아이는 내게 새로운 세계를 만나게 해주고 일상의 평범함을 완성시켜 주었다.

황홀한 고백

만질 수 없다. 향기도 없다. 아무 곳에나 있지만 아무 곳에서도 보이지 않는다. 때로는 구원이 되고 영혼을 옥죄는 감옥이 되기도 하는 것, 의지와 상관없이 우리를 덮쳤다 사라지는 지독한 열병이지만 가난한 사람도 부자인 사람도 가장 필요로 하는 것이 사랑이라는 감정이다.

주말 오전이다. 아이들이 도착할 시간을 기다리며 먹거리 준비로 종종거리는 뒤를 따라다니며 남편의 잔소리가 늘어진다. 아직은 현역으로 일터를 오가지만 쉬는 날이면 사사건건 간섭이고 잔소리다. 참다못해 짜증 섞인 반응을 보이면 갑자기 풀죽은 목소리로 당신을 얼마나 사랑하는데 자꾸 야단을 치느냐고 눈치를 본다. 그럴 때마다 나는 그 사랑한다는 말이 몹시 거슬리고 징그러우니 제발 하지 말라고 목소리를 높인다.

지난 세월을 돌아보면 웃음꽃 피는 길은 아주 드물게 나타났었다. 인연은 구슬을 꿰는 실처럼 끊임없는 애증으로 엮어진 질긴 실이라서 견디고 견딜 수밖에 도리가 없었다. 바람 따라 수시로 흔들리는 그를 지켜보는 일은 자신을 내려놓아야 하는 수행의 길이었다. 결국 첫아이가 태어나면서 여자의 삶은 포기했다. 가족의 울타리만 끌어안고 고통을 감내해야 했다. 말로 다 하지 못하고 세월을 보낸 내게 아직도 사랑이 남아있을 거라 기대했을까.

마당으로 들어서는 차 소리가 반갑다. 콩콩거리며 계단을 뛰어오르는 발소리가 오늘따라 더욱 경쾌하다. 현관문을 소리 나게 열고 신발 벗을 사이 없이 들어서서 와락 껴안는 아이다. 게다가 촉촉한 목소리와 솜사탕처럼 달콤한 웃음 가득한 얼굴로 '내 사랑'이라고 부른다. 사랑해가 아니라 내 사랑이란다. 온전히 제 것이라니, 수많은 단어 가운데

이 말보다 더 사로잡는 말이 있을까. 연인에게서 듣는다면 구름 위를 걷는 것처럼 정신이 몽롱하면서도 언제까지 사랑해 줄까, 사랑한다고 해놓고 마음 변하면 어쩌나, 걱정과 근심이 끊이지 않겠지만 아이에게 듣는 말은 순수하고 계산적이지 않아 더 감동적이다.

나는 사랑에 빠졌다. 깨어있는 현실이 꿈속보다 몽환적이다. 말라버린 꽃처럼 향기는 잃었어도 사랑한다고 말하거나 듣게 되면 차가운 머리는 온데간데없이 사라진다. 가슴만 뛴다. 맹목적인 사랑은 상대방을 합리적으로 판단하는 능력을 상실하게 하나, 한마디로 사랑에 빠져있으니 이성이나 지능이 개입할 여지가 없다. 그러기에 네가 곁에 있어도 보고 싶다는 헛소리도 하게 되는 것이 아닌가. 하물며 만날 때마다 당연하게 내 사랑이라고 불러준다면 어떻겠는가. 그 달콤함에 정신마저 혼미해지는 걸 부정하지 못한다.

태어나면서 내게 어미로서의 길을 확고하게 가르쳐 주었던 큰딸이 출산하는 날, 이 아이를 만났다. 가슴이 터질 것 같았다. '이렇게 빛나는 선물을 품에 안으려고 모진 세월을 견디었구나.' 목이 메고 뜨거운 눈물이 솟았다. 하루가 다르게 변하는 모습이 내 새끼를 키울 때보다 경이로웠다. 처음으로 싫고 좋음을 표현하고 작은 입술을 열어 언어를 배우며 큰 기쁨을 주더니 드디어 내게 황홀한 고백으로 말할 수 없는 행복을 준다.

오랫동안 나는 사랑은 머무는 거라고 생각했다. 머무는 사랑과 사랑 사이에 욕망이 덧칠해지면서 상처와 슬픔이 쌓여가는 것이라 여겼다. 시간과 함께 전염병처럼 옮겨 간다는 것을 깨달았을 땐 사랑의 생로병사를 거친 후였다. 누군가를 왜 사랑하는지 답하는 것은 물이 어떤 맛인가 설명하기보다 어렵다. 그러나 사랑을 전해 줄 대상이 존재하는 것만으로 영혼이 아름다워지고 풍요로워진다는 것을 알기에 집착하지 않고 무게를 싣지 않으려 노력했다. 너무 가깝지도 않고 멀지도 않게 아쉬움을 주는 관계란 결코 쉬운 일은 아니다. 가끔은 주는 것만큼 돌려받지 못해 연연해할 때도 있으나 행동하는 것을 때때로 억제하는 것이 내가 사랑하는 방식이었다.

아이는 할머니라는 명칭보다 내 사랑이라고 부르는 것을 좋아한다. 놀이를 바꿀 때마다 더욱 잦아진다. 신선놀음에 도낏자루 썩는 줄 모른다더니 내가 그 모양이 되어 사랑의 방식도 무너졌다. 아이의 눈높이에 맞춰 몇 시간을 놀아주고 나면 몹시 피곤한데도 번번이 '내 사랑'이라는 고백에 황홀하다. 아이도 자라면 마음 변한 연인처럼 제 길을 향해 떠날 것인데도 지금은 '내 사랑'을 위하여 술잔을 높이 들고 건배를 외친다.

Chapter 2

선녀와 나무꾼

다 아는 동화지만 다시 읽는다.
기가 차다.
작금의 시대에 이런 나무꾼은 악랄한 범죄자다.
손가락을 꼽을 정도로 죄명이 많다.
날개옷을 훔쳤으니 절도죄,
목욕하는 것을 몰래 봤으니 성희롱에다 성폭력범이다.
목숨을 살려준 대가로
깊고 맑은 눈을 반짝이며 범죄를 사전 모의한
사슴도 용서할 수 없는 공범자다.
–본문 중에서

라온의 시간은 누가 훔쳐 갔을까

기억은 새겨진다. 눈에 삼삼하고 귀에 자욱하다. 세월이 흐른 만큼 묻어둔 사연들이 입에 어릿대도 말로는 다할 수 없어 글을 쓴다.

팔십 대 중반인 그분은 지나온 삶을 기록하고 싶다며 첨삭을 받기 위해 내가 맡은 프로그램에 참여한다. 재혼한 젊은 아내는 현재 겪고 있는 일들을 써오고 남편은 남달랐던 과거를 날것 그대로 끌어오고 있다.

호기로 넘치던 생의 한때, 쇠도 녹일 뜨거운 마음으로 남미대륙을 떠돌았다. 이젠 젊은 날의 팽팽하던 힘줄과 근육은 잠들었다. 높이 떠가는 구름을 따라나서던 먼 길의 손짓

들도 희미해졌다. 엘도라도는 신기루였는가. 삶이 망가진 사람은 고향을 떠나고 아주 더 망가진 사람은 고향으로 돌아오듯 모질게 시달리면서도 강인했던 한 남자가 노인이 되어 병을 안고 고향으로 돌아왔다. 추억보다 아픈 기억만 선명하게 남아 있는 한국, 꾹꾹 눌어 놓았던 사연을 꺼내놓고 마침내 수십 년 전 어린 자신과 재회하며 설움에 겹다.

비극은 태생부터 시작되었다. 오랫동안 태기가 없었던 어머니는 소박당하고 나서야 임신 사실을 알았다. 아들을 낳아 시가로 갔지만 끝내 받아주질 않더라고 했다. 생계가 막막했던 어머니는 생부의 존재를 모르는 어린 아들을 데리고 재가했다. 그곳에서는 첫 결혼에서 쉽게 얻지 못했던 자식을 한을 풀 듯 줄줄이 낳았다. 생활력이 없던 의붓아버지는 아내가 데리고 온 자식을 나 몰라라 했다. 어린 몸으로 육이오전쟁을 겪으며 몇 번이나 죽을 고비를 넘겨도 부모에게 말하지 못했다. 누구도 거들떠보지 않았다. 상처는 오롯이 아이의 몫이었다. 또래보다 왜소한 작은 아이는 죽음에 대한 공포보다 배고픔이 더 견디기 힘들었다고 했다. 초등학교도 입학하기 전부터 껌을 팔고 담배를 팔아 허기를 채웠다. 그 과정에서 들어야 했던 욕설과 영문도 모르고 맞아야 하는 매로 온몸이 상해도 병원은커녕 부모의 보살핌도 없이 혼자 웅크리고 견뎌야 했다. 얼마나 두렵고 무서웠을까.

쫄쫄 굶는 애옥한 삶을 살아보지 않고 어찌 배부름의 고마움을 알겠는가. 전쟁의 끝자락에서 태어난 나로서는 상상도 할 수 없는 일이었다. 부모님이 계셨고 배가 고팠던 기억이 없다. 또래와 싸우고 울고 들어오면 시시비비를 가릴 사이 없이 할머니가 내 편을 들고 나섰다. 얼굴에 작은 상처만 나도 흉이 남을까 야단부터 치는 어머니를 조용조용 말리던 아버지의 걱정스러운 표정, 든든한 내 편이 있다는 건 세상에 대한 두려움도 없다는 뜻일 거고, 어린 날이 생애의 낙원으로 남아있는 라온의 시간이었다.

그분은 기술을 배워 살길을 찾아야 했다고 한다. 나직하게 태어났지만 높은 곳을 바라보려 노력했던 청년은 낮에는 구두를 닦고 미제 담배도 팔며 독학으로 야간고등학교를 졸업하고 항공정비사가 되었다. 비슷한 처지의 아가씨와 결혼도 했다. 하지만 젊은 아내에게 회복될 수 없는 병이 생겼다. 그 병을 고쳐주려고 한국에서 사방팔방으로 노력했지만, 차도가 없었다고 했다. 가족의 따듯함을 모르고 성장해 아내와 자식이 생겼으니 가족의 소중함이 다른 이들보다 배가 되었으리라. 아내를 위해 고심 끝에 선택한 곳이 남미의 아르헨티나였다. 오염되지 않은 신선한 음식 재료가 도움이 될까 싶어서였단다. 항공정비사가 부족했던 그곳에서 숨이 차도록 내달렸다. 지난날을 보상이라도 하듯 노력한 만큼 경제적으로 안정되어 갔지만 아내의 병은 쉽사리 회복될 기미가 보이지 않았다. 다시 가족을 이끌고 죽을 각오로 미국으로 밀입국했다고 한다. 의료시설이 좋은 나라에서 오로지 아내를 살리겠다는 마음뿐이었다고 했다. 그분에게 가족은 기쁨이자 또 다른 멍에였다. 결국 아내는 떠나고 풍요롭게 자란 자식들은 가장의 뼈아픈 과거를 이해하고 함께 공유하지 않았다.

상처 난 날개를 접은 지금, 그분에게 남아있는 건 아무것도 없다. 자식들은 미국에서 살고 처지가 비슷한 새 아내가 곁에서 외로움을 달래 주지만 젊음도 재물도 가족도 손에 잡은 모래알처럼 빠져나갔다. 아직도 생부의 존재는 알 수가 없으니 뿌리도 모른다. 그래서 더욱 한 많은 서러움에 가슴이 저리다. 어린 시절처럼 진정한 내 편은 없고 병든 몸속에 잠들어 있던 기억들만 일어나 통곡하게 한다.

지난 삶을 정리하는 문장은 눈물이 절반이다. 그분에게서 라온의 시간을 훔쳐 간 이는 누구신가. 야속한 생애다.

선녀와 나무꾼

이사하면서 책을 정리했다. 오래되어 누렇게 변했거나 아이들이 어렸을 적에 읽었던 전래동화와 월간잡지를 분류해 재활용품으로 내놓았다. 그러다 눈에 띈 것이 '선녀와 나무꾼'이다. 설화를 바탕으로 지어진 책의 제목은 작가마다 다르다. '나무꾼과 선녀'가 있고 '선녀와 나무꾼'이 있다.

다 아는 동화지만 다시 읽는다. 기가 차다. 작금의 시대에 이런 나무꾼은 악랄한 범죄자다. 손가락을 꼽을 정도로 죄명이 많다. 날개옷을 훔쳤으니 절도죄, 목욕하는 것을 몰래 봤으니 성희롱에다 성폭력범이다. 목숨을 살려준 대가로 깊고 맑은 눈을 반짝이며 범죄를 사전 모의한 사슴도 용서할 수 없는 공범자다.

나무꾼은 제 욕심 채우자고 하늘나라 선녀님을 금강산 깊은 산속에 감금해 놓고 아이까지 낳게 했다. 천상의 선녀 가족을 비탄에 빠트리고 선녀의 삶을 망가뜨린 파렴치범이다. 낯선 곳에서 가족과 떨어져 생판 모르는 인간 남자와 살면서 아이 낳고 산다는 게 얼마나 고통스러운 일인지 나무꾼은 정말 몰랐던 것일까.

일방적인 관심과 사랑은 상대를 병들게 한다. 돌아갈 길이 보이지 않는 선녀는 날개옷을 잃어버렸다는 죄책감에 자기 삶은 포기하고 아이만 품어 안았을 터다. 날개옷을 찾았을 때 남편에 대한 미련 없이 아이만 데리고 살던 곳으로 날아간 선녀의 모정만큼은 인간세계보다 강해서 감동적이다. 주위를 둘러봐도 아이가 걸림돌이 된다 싶으면 인정사정 볼 것 없이 버리고 방치하는 어미들이 좀 많은가. 하지만 나무꾼의 다음 행동에 또다시 화가 난다. 홀어머니를 산속에 버려두고 처자식에게 가겠다고 두레박을 타고 올라간다. 염치없이 처가 덕을 보고 있는 불효자가 아닌가. 그래도 양

심은 있었는지 홀로 있는 어머니를 잠시 보고 가려 천마를 타고 내려온다. 노모를 홀로 두고 떠났던 아들을 위해 팥죽을 쑤어 먹이고 싶은 어머니의 눈물겨운 모정, 뜨거운 죽을 천마 위에서 급하게 먹다 흘려 놀란 말이 나무꾼을 떨어뜨리고 하늘로 날아가 버린다. 그 후, 나무꾼은 수탉이 되어 새벽마다 하늘을 쳐다보며 울었다고 하니 범죄자에다 불효막심한 그에게 하늘에서 벌을 내린 것이 분명하다.

나무꾼은 날개옷을 감추고 선녀를 볼모로 잡아 강제로 아내로 삼았다. 여자의 약점을 잡고 부부로 사는 동안 나무꾼은 행복했을까. 주위를 둘러보면 현대판 나무꾼이 왜 이리 많은지 모르겠다.

이웃 마을에 사는 허리 굽은 할머니가 어린아이 둘을 키우고 있다. 며느리가 삼 년 전, 친정으로 가버렸다. 부모에게 조금이라도 도움을 주고 싶어 남자가 준 오백만 원은 친정에 주고 한국 농촌으로 시집온 심청이처럼 효성 깊은 캄보디아의 어린 여자다. 친정아버지보다 나이가 많은 늙은 남편은 적은 땅에 농사를 짓고 농한기에는 가끔 공사장을 기웃거리나 빈 날은 술에 젖어 지내는 사람이다. 친정보다는 나을 거라는 생각으로 타국에 왔지만, 말도 통하지 않는 한국 농촌의 가난한 남자와 사는 일이 결코 쉬운 일은 아니었을 것이다. 남편의 폭언과 폭력에도 틈틈이 딸기 하우스에서 일하고 일당 받아 살림을 꾸려가더니 더 이상 못 견디겠는지 아이도 두고 혼자만 캄보디아로 떠났다.

설화 속에서 선녀의 날개옷을 훔친 나무꾼도, 유행처럼 외국의 어린 여자를 돈 주고 사 온 늙은 남자도 결국 아내는 떠나고 혼자가 되었다. 여자의 마음은 열지 못하고 약점만 쥐고 있었으니 당연한 일이겠으나, 사랑 없이 시작된 두 여자가 받은 상처는 무엇으로 위로가 될까.

버리려던 '선녀와 나무꾼'을 다시 책장에 꽂았다.

모정

1.

응급실 보호자 대기실이다.

오십 대 초반의 여인이 잠시도 앉아있지 못하고 응급실 문틈을 초조하게 들여다보기를 반복한다. 고등학생인 아들이 부모 속을 태운다며 원망하는 말속에 걱정이 가득하다. 오토바이 사고로 많이 다친 것을 형이 데리고 왔다고 한다.

2.

문이 열리고 보안요원이 몸집이 작고 마른 중년의 남자 환자를 휠체어에 태우고 보호자인 노모와 함께 대기실에 부려놓듯이 두고 간다. 머리에 거즈를 대고 반창고를 붙였다. '이곳에서 잠시 쉬었다 정신이 들면 가시라.'는 말을 남기고 미련 없이 돌아서는 보안요원의 뒷모습이 씁쓸하다.

몸을 가누지 못하는 남자를 작은 체구의 노모가 부축해 의자에 눕힌다. 술을 얼마나 마시면 저렇게 될까. '술' 자만 나와도 몹시 예민해지는 내 표정이 먼저 일그러진다. 남자는 다정하게 달래는 노모의 만류에도 차가운 바닥으로 내려와 내 집 안방처럼 거리낌 없이 뒹군다. 행색은 초라하고 주사가 심해 말이 꼬인다. 옆에서 안절부절못하는 노모는 누군가 살짝 건드리기만 해도 쓰러질 것 같은 연약한 몸집이다. 다 큰 자식의 흐트러진 모습이 속상해 가슴 치며 넋두리라도 할 줄 알았다. 나무라지 않는다. 혼자 힘으로 일으켜 세울 수 없으니 어린 자식 대하듯 두 손으로 얼굴을 감싸기도 하고 손을 비벼주며 왜 이리 차갑냐고 안쓰러움에 애를 태운다.

'자식이 아니라 원수'라고 한탄하던 학생의 엄마가 말문을 닫고 그들 모자를 물끄러미 바라본다.

술에 의지해 인사불성인 사람이라면 삶에 대한 열정도 찾아보기 힘들 터다. 희망없이 늙어가는 자식을 지켜보며 오랜 세월, 염려하고 근심하는 마음이 이를 데 없이 컸으리라. 대기실에 있는 사람들이 횡설수설하는 남자를 보고 눈살을 찌푸려도 어머니는 오로지 찬 바닥에 누워있는 자식 곁에서 탈이 날까 걱정만 한다.

온전히 자식에게 바쳐왔을 어머니의 삶이 설명 없이도 파노라마처럼 펼쳐진다. 자식을 향한 사랑으로 버티고 있는 인고의 세월이, 자식의 상처를 먼저 생각하는 끝없는 모정이, 술에 취해 나뒹굴어도 내 자식이니 내가 평생 끌어안아야 한다는 결연한 의지는 어머니여서 가능하다. 인사불성인 아들을 다독이는 어머니의 굽은 등에 더 오래 살아야 할 이유가 잴 수 없는 무게로 얹혀있다.

3.

큰딸이 손가락을 다쳤다. 저 혼자 시작한 사업을 키워보려 고심하는 아이다. 작업 중에 공업용 재봉틀 바늘이 검지를 관통해 빠지질 않는다고 울며 전화했을 때 얼마나 놀라고 아프냐는 말보다 먼저 조심성 없는 아이를 탓했다. 응급실로 향하면서 통증이 심해 우는 걸 보며 마음은 쓰리고 아팠지만 따듯하게 안아주고 위로해 주지 못한 것을 몹시 후회하면서도 내색하지 못했다. 딸이 치료를 받고 밝은 모습으로 응급실을 나왔다.

4.

술에 취해 머리를 다친 중년의 남자와 아무래도 중환자실로 가야 할 것 같다는 고등학생보다는 작은 상처지만 응급실에 머문 세 시간은 걱정으로 애가 타고 죄책감과 미안함으로 가슴이 미어지는 시간이었다.

어미가 자식을 무조건 적으로 사랑하는 것은 단장의 고사에서도 볼 수 있다. 애를 끊는 본능적인 사랑이어서 짐승도 사람 못지않게 목숨을 걸고 그 사랑을 실행에 옮길 수가 있는 것이 아니던가. 희생이 물거품이 되고 희망은 눈물 속 무지개로 사라져도 오로지 자식을 중심으로 두고 살아가는 게 어머니의 삶이다. 자식을 대하는 방법에 차이가 있다고 모성의 본질마저 다르지는 않은 터, 고급 한 형벌인 어머니라는 말이 참으로 쓰디쓰다.

물뱀의 세월

한번 물면 그냥 끝내지 않는다. 세상살이 괴롭다는 아우성이 커질수록 겉모습은 화려해지고 교활하다. 연약하고 부러진 곳 많은 사람의 마음을 들여다보는 재주가 뛰어나 치밀하게 그 틈새를 파고든다. 욕망에 사로잡힐수록 결과가 참담하다는 것을 인지하지 못한다. 그들의 환경은 열악해졌어도 품은 독은 향기롭다.

마당 끝에서 눈길을 낮춘다. 경사진 계곡의 물소리가 거칠다. 징검다리 돌을 두 번만 디디면 건널 수 있는 작은 계곡을 건너 몇 발짝 걸어가면 산자락 귀퉁이에 묵정밭이 있다. 단오가 지나면 쓴맛이 강해지는 쑥을 뜯으러 가는 길이다.

가까이서 들리는 뻐꾸기 소리가 처량하다. 인기척에 놀란 어린 고라니가 산등성을 향해 뛰어오른다. 나뭇가지들이 덩달아 후다닥거린다. 물가에는 잡풀이 무성하다. 디딤돌에 한 발을 올려놓았다. 누런색의 뱀 한 마리가 나보다 먼저 물을 건너 축축한 숲으로 도망간다. 독사도 아니고 화사도 아닌 흔하디흔한 물뱀인데도 두려움에 가슴이 방망이질이다. 쑥을 포기하고 빠르게 발길을 돌려 집으로 향한다.

모내기를 할 무렵이면 아버지는 논물을 대고 소를 앞세워 써레질을 하셨다. 들밥을 이고 가는 엄마를 따라갈 때는 두려움이 없으나, 혼자 놀기 심심해 아버지가 계신 논으로 가자면 들길에서 만나는 뱀이 무서워 몸이 오그라들었다. 철둑 밑에 무더기로 우글거리는 물뱀은 공포였다. 그것이 끝이 아니었다. 아버지가 계신 논둑에 서면 논물을 가르는 뱀이 있었다. '독은 없어도 건드리면 물으니 조심하라.' 이르는 아버지는 아무렇지도 않게 써레질을 하셨으나 나는 뱀에게서 잠시도 눈을 뗄 수가 없었다.

뱀을 떠올리면 누구나 사악한 냉혈동물이라는 선입견에

서 벗어날 수 없다. 가까이하고 싶지 않을 만큼 징그럽다. 그런데도 명성이 자자하다. 뱀의 꼬임에 빠져 아담에게 선악과를 따 먹자고 유혹한 이브의 원죄인가. IMF 위기 때부터였을 것이다. 춤판을 드나들며 남자를 유혹하는 여자를 뱀의 이름으로 부르기 시작했다. 젊은 여자에겐 꽃뱀이라 하고 별 볼 일 없이 자리만 차지하고 있는 늙은 여자에게는 물뱀이라 했다. 여자를 속되게 이르는 말이다. 지금은 남자에게 해를 입히는 모든 여자를 꽃뱀이라 부른다.

문득 꽃뱀에게 빠져드는 남자의 심리가 궁금해졌다. 가까이 지내는 지인에게 물었다. 장난기 가득한 표정으로 꽃뱀의 작업 과정을 경험담처럼 얘기하던 지인이 심각한 표정으로 내 얼굴을 보며 그대로 따라 하면 큰일 난다고 주의하라고 한다. 꽃뱀 흉내도 내보지 못하고 젊은 날을 보낸 나는 정색을 하며 이유를 물었다. 치매 걸린 줄 알고 잡아다 입원시킬 거란다. 완전히 별 볼 일 없는 물뱀 취급이다.

어릴 적 봤던 물뱀은 생존을 위해서는 꽃뱀 못지않았다. 먹이가 걸리면 절대 놓지 않는다. 만만하게 볼 상대가 아니다. 화려하지 않아도 상대가 먼저 건드리면 죽기 살기로 대들어 문다. 독이 없어도 누군가에게는 두려운 존재라는 걸 알지 못하나 보다.

남매끼리만 식사하고 여행을 떠날 때가 있다. 혈육이 뭉치면 그리 좋을 수가 없다. 시기나 질투도 없고 욕심도 끼어들지 않는다. 그날 저녁도 그랬다. 맛난 음식을 먹으며 농담 끝에 막냇동생에게, 요즘도 골프장에서 꽃뱀 사건이 생기느냐 물었다. 사업상 골프 모임이 잦은 걸 보며 노파심도 작용했으리라. 동생은 아무리 예쁘고 매력적인 꽃뱀을 봐도 이젠 물뱀으로 보이는 나이가 되었다며 큰소리로 웃는다.

얼마 전 나를 별 볼 일 없는 물뱀 취급하던 지인이 떠올랐다. 상처받아 아프고 억울해도 독 한번 시원하게 품어내지 못하고 세월을 보낸 초라한 내가 논물이나 가르는 물뱀이 되어 속없이 눈물이 나도록 따라 웃었다.

산에 대한 기억

등산화 두 켤레가 신경 쓰인다. 뒤틀리거나 색상이 변하지도 않았다. 계절이 바뀔 때마다 이젠 버려야겠다고 꺼내 들지만, 미련이 남아 도로 집어넣기를 반복한 게 십여 년이다.

무엇이라는 이유로 자유가 억압된다고 느끼거나 넘을 수 없는 벽에 부딪혀 격랑이 일면 산을 올랐다. 오로지 헌신과 희생, 책임감으로 삶의 터전을 지켜내야 한다는 의무감이 마음을 흔들 때도 등산화 끈을 조여 맸다. 계절도 가리지 않았다.

처음엔 앞만 보고 걸었다. 누군가 말을 걸어오는 것도 반갑지 않았다. 올라가는 동안은 힘겨움에 잡념이 사라져서 좋았다. 정상에서의 희열, 해냈다는 자신감이 생기면서 점점 높은 산을 찾기 시작했다. 어느 순간부터 산이 좋아졌다. 그동안 상처를 치유하는 장소로 여겼던 이기심이 미안했다. 산길 따라 불어가는 바람과 나무와 들꽃에게 말을 걸기 시작하면서 굳어있던 표정과 말소리가 부드러워졌다.

등산화가 신발장 안에서 영역을 넓히기 시작한 것도 그 무렵부터였다.

맑은 사색에 빠지게 하는 겨울 산은 더욱 좋았다. 텅 빈 숲속의 적요함 속에서 당당하게 속살을 보이며 피워 낼 잎새를 위해 추위를 견딘다는 건 고통이고 고독한 일이나 역설적으로 마른 풍경은 인생의 고비마다 날을 세웠던 마음을 누그러지게 했다. 어느 해 연말, 한라산을 올라 보자는 제의에 한 치의 망설임 없이 나선 것도 그래서였다.

한라산은 초입부터 온통 눈 세상이었다. 단순해진 산의 빛과 선은 수묵화였다. 아침햇살 아래 거침없이 반짝이는 백설의 축복 같은 풍경 속에서 신세계에 내딛는 첫발처럼 벅찬 울림이 발끝에서 올라왔다. 서야 할 자리에서 묵묵히 풍파를 견뎌내는 인고의 세월이 고스란히 쌓여 있는 여백의 숲, 향기롭지 않지만 두 팔 높이 들어 세상을 껴안는 겸허함으로 눈꽃을 피우는 나무가 경이로웠다. 하늘과 땅을 연결하고 해가 뜨고 달이 걸리는 빈 나무들 위에 앉은 시어들이 햇살에 반짝였다.

산객들은 신세계에 대한 기대로 표정이 환했다. 그러나 아무리 감탄사가 저절로 나오는 풍경이라도 눈길 산행은 고행이다. 등산로는 앞선 사람들의 발자국이 뚜렷해도 쉴만한 터도 주지 않고 오르막이 꾸역꾸역 밀어닥쳤다. 정상이 가까워질수록 하늘은 시퍼렇게 날을 세웠다. 다른 사람들도 힘든 기색이 역력한 걸 보면 오름의 노고를 요구하는 산은 공평했다.

거센 바람 사이에서 갑자기 밀려온 구름 속을 걷고 떠다니는 운해를 타고 오르자면 털모자를 쓰고 장갑을 꼈어도 얼굴이 시리고 손이 시렸다. 배낭의 무게는 삶의 무게를 압도했다. 아래보다는 위만 바라보며 힘겹다고 아우성치는 모든 이들의 삶이 고스란히 그곳에 펼쳐져 있었다.

위를 보면 잘 살고 성공한 사람들만 보였다. 그들은 아무런 어려움 없이 그 자리에 있는 줄 알았다. 다른 이들보다 초라한 삶은 내가 원하는 게 아니라고 서러워하기도 했다. 스스로 해야 할 일을 대신해달라고 했으니 얼마나 어리석은 행동인가.

백록담 정상에 올라섰을 때는 자연과의 완전한 합일을 느낄 수 있었다. 영혼을 물에 담가 깨끗이 씻은 듯 맑고 신성했다. 광대한 빈 숲은 나 자신이 이 우주상에서 한없이 작은 미물에 지나지 않는다는 것을 깨닫게 해줬다. 주변에서 일어났던 어두운 일들, 나에게 상처를 주었던 사람들조차도 이해하게 했다. 한라산 아래로 흘러가는 구름을 내려다보다 눈을 감았다. 내 아집으로 인해 힘들고 버거운 날들이 빠르게 스쳐지나갔다.

해마다 연말이 되면 새해를 맞을 준비보다는 허망함이 앞서 혼란에 빠지는 것도 당연했다. 인내와 기다림을 가르치는 나무처럼 내가 견디고 새로워지지 않으면 새해를 새해로

맞을 수 없는 일이 아닌가. 높은 곳을 향해 가는 길은 어쩌면 자기 발견의 여행일지도 모른다. 집중할 때 느끼는 행복이 있기에 한없이 참으며 끝에 이를 수 있는 내공이 생기고 너그러워지는가 보다.

무채색의 계절이다. 찬바람이 빈 가지에 매달린 마른 잎을 흔들고 지나간다. 산속 풍경이 고요해진다. 속살 드러낸 본연의 모습이 정직하다. 마음이 숲에 머문다. 내 삶에 더 이상 높이 오를 일이 없듯 산도 오르고 싶다는 마음뿐, 집안에서 바라보는 눈길만 아련하다.

산의 기억을 끌어오는 등산화는 오랜 시간 신발장에 머물 것 같다.

에스프레소가 간절한 날

잿빛 하늘이 낮게 내려앉았다. 커피 향도 낮게 번진다. 스산한 날에는 유일하게 위로가 되는 게 진한 커피다. 나이를 따르자면 순하고 부드러워져야 하는데 에스프레소커피에 집착하는 걸 보면 아직 강한 성깔이 살아있나 보다.

안과에 가는 날이다. 검진받고 나면 약물로 인해 눈이 몹시 부시다. 잘 보이지 않아 운전할 수 없어 시내버스를 탔다. 버스 안은 승객들로 발 디딜 틈조차 없다. 간신히 손잡이를 잡았다. 내 옆에서 무거운 배낭을 짊어진 노인이 중심 잡기가 힘든지 자꾸 이리저리 휘청거린다. 앞자리에 앉아 있는 청년이 그런 노인을 힐끔 쳐다보고는 다시 핸드폰에 눈길을 둔다. 그 젊은이가 자리를 양보할 의사가 전혀 보이지 않는다. 모른 척해야지 하면서도 눈에 힘이 들어가고 입술이 들썩거린다. 결국, 참지 못하고 자리 좀 양보하면 안 되겠느냐고 조심스럽게 물었다. 이 정도 되면 앉아있는 게 미안할 만도 한데 청년은 전혀 그럴 의사가 없다는 듯이 들은 척 하지 않는다. 민망해진 건 오히려 부탁한 내쪽이다. 뒷좌석에 앉아 있던 중년의 여인이 말없이 일어나 노인을 앉힌다. 도저히 이해되지 않아 당황스럽다. 약자를 배려하지 않는 젊은이의 태도에 자꾸 쓴 말이 입술을 비집는다.

할머니와 같이 살았던 나는 철이 들면서 어른에게 자리 양보하는 것을 당연하게 여겼다. 무겁거나 가볍거나 짐보따리를 들고 가시는 걸 보면 자연스레 들어주었다. 나이 든 지금도 습관으로 남아 있어 자리를 양보하고 보면 어느 때는 나보다 연하인 사람도 종종 있어 속으로 웃곤 하는데 버스 안에서 벌어지는 상황이 낯설기만 하다.

이젠 세상이 변했다는 걸 받아들이지 않으려는 꼰대가 되어선가, 일어서지 않는 그에게 무슨 사정이 있는지 헤아리지 않고 내 생각만 옳은 줄 안다.

처음 직장에서 공문서 작성하는 게 서툴렀던 나에게 했던 선배의 말이 아직도 생생하다.

"나 때는 말이야, 눈치껏 알아서 습득하고 처신했어. 선배 잘 만나 편하게 배우는 줄 알아."

수시로 들어야 했던 '나 때는 말이야.'는 잔소리였다. 서툴지만 열심히 배우고 있는데 완벽하길 바라는 것 같아 부담스럽고 기분이 좋지 않았다. 선배의 '나 때'는 나를 짜증스럽게 하고 거리를 두게 했다. 한데 이젠 내가 몇몇 젊은이가 하는 행동에 그 '나 때'라는 말을 쉽게 하고 있다.

나는 어릴 적 철없던 때가 좋았다. 잘못하는 일이 있어도 크면 가르치지 않아도 스스로 배운다며 그냥 넘어갔다. 책임져야 할 일이 없고 나이에 대한 의미를 모를 때여서 어쩌다 들어야 하는 어른들의 훈계를 이해하지 못했다. 성년이 되어서도 마찬가지였다. 후배를 잘 가르치려는 선배의 진심 어린 말보다 시간이 지나면 잘할 수 있는 일인데 저러나 싶어 귓등으로 들었다. 겸손하지 못했던 나처럼 예의가 없다고 눈살 찌푸리며 단정 지어버린 저 청년도 자기가 하는 일이 옳다고 생각하며 잔소리로 여기는지 모른다.

나이가 들면 자기애의 집착에 빠져 단점을 인정하지 않으려 한다. 내가 모두 옳고 타인이 하는 행동은 눈에 차지 않는다. 젊은이의 사고방식이 내 기준에 맞지 않는다며 잔소리가 늘어갈 수밖에 없다. 자기중심적 사고에서 벗어나지 못해 이기주의자라는 비난을 받아도 마땅한데 그건 언짢다.

고집의 농도가 진해지고 자기주장이 강한 나에게 누군가 부드러운 감성을 듬뿍 섞어 주면 순해질까. 이젠 사람도 사물도 순하게 바라보고 음식도 순하게 섭취해야 할 나이인데 오히려 더 강해지고 있다. 입맛을 잃어가니 짜고 매운 음식을 선호한다. 차 한잔을 마셔도 밋밋한 것은 당기지 않고 진해서 쓴맛도 강하게 느껴지는 에스프레소에 깊이 빠져있다.

이탈리아 남부 여행 때 카페가 눈에 띌 때마다 커피를 사서 마셨다. 미니어처 컵인가 싶을 정도로 작고 일반 커피잔보다 두꺼운 데미타세에 담아주는 에스프레소는 진한 커피를 즐기는 나에겐 환상의 맛이었다. 몸에 무리를 주는 것은 아닐까 하는 걱정도 있었지만, 종일 커피 마시기를 멈출 수가 없었다. 호텔에서 아침 식사 후, 에스프레소에 우유를 듬뿍 넣는 에스프레소 라떼를 마실 때는 부드러운 것에 호감을 느꼈다가도 태생이 변하지 않듯이 강한 맛에 길들어진 입맛이 고쳐지지 않는다. 담백한 참 맛을 멀리하고 자극적인 내 삶의 방식이 젊은이들이 보기에 얼마나 못마땅할 것인가.

안과 검사를 마치고 다시 버스를 탔다. 낮은 하늘과 땅의 경계가 모호하다. 차창을 스치는 눈이 삶의 뒤안길처럼 멀어져간다.

오늘따라 에스프레소가 간절하게 생각난다. 현실에 순응하며 라떼처럼 순해지기는 틀린 것 같다.

봄나물

허리를 굽혀야 보인다. 무더기로 파르라니 핀 앉은뱅이 개불알꽃이 햇볕에 반짝인다. 추위를 이기고 온 기특한 꽃이다. 겁쟁이처럼 동네를 벗어나지 못하는 것을 비웃는지 작은 꽃이 밭둑에 쪼그리고 앉아서 나물 캐는 나를 본체만체하고 내려앉는 햇볕에 곁을 내준다.

초록이 제 발자국을 넓히고 있어도 마음은 무채색이다. 자유가 억압되는 동시에 희망과 기쁨은 아지랑이처럼 가물거리고 있다. 전염병은 내 힘으로는 어찌해 볼 수 없는 일이라 시간이 지날수록 점점 더 무기력해진다. 덩달아 정지된 일상으로 밥상이 빈약해지는 것은 당연하다.

한동안은 묵은지와 저장 무, 그리고 냉동실에 붙박여 있던 생선들로 밥상을 차렸다. 덕분에 비우기 어렵던 냉장고가 헐렁해져 좋았으나 여러 날 같은 반찬이 올라오면 수저 든 손놀림이 느려지는 게 보여 민망하다. 경제를 책임져야 하는 가장도 어려움을 겪고 있지만 될 수 있으면 집밥을 먹어야 하는 요즘, 주부의 어려움도 만만치가 않다. 게다가 세계적으로 유행하는 역병에 무슨 음식이 좋고 나쁘다는 정보를 빠르게 접할 수 있어 그때마다 들썩이는 밥상을 잡고 음식 차려내는 일을 더욱 당혹스럽게 한다.

며칠 전부터 우리 집에는 콩과 두부, 콩나물을 밥상에 올리지 않는 웃기는 일이 벌어지고 있다. 교수로 퇴임한 가장의 절친한 친구가 보내 준 메시지로 육류 대신 즐겨 먹던 단백질식품이 사라졌다. 다른 계절보다 잘 먹어야 하는 봄철밥상이 균형을 잃었다. 사다 놓은 두부는 버려야 하고 서리태 넣어 짓던 밥에서 콩이 사라졌다. 콩으로 만든 된장이나 메줏가루가 들어간 고추장, 간장도 먹지 말아야 하는 것 아니냐는 항변에 그것은 발효된 것이니 괜찮다는 답변이다.

황제밥상을 대하는 사람들이야 걱정이 없겠지만 단백질이 해롭다는 메시지 하나로 서민 밥상이 바람 앞의 촛불 신세가 되어 춤을 추고 있으니 이보다 난감한 일이 또 있을까. 밥상의 권태기가 온 지 오랜데 그깟 메시지가 뭐라고 밥하는 일을 더 어렵게 만드느냐 따져봐야 의심 없이 믿는 사람에게는 소용없는 일이다.

봄이면 옛 추억에 젖어 한두 번 들판으로 나가 나물을 캤었다. 올봄은 상황이 달라졌다. 완강한 고집을 꺾을 수 없으니 추억은 멀리 두고 콩나물 대신 봄나물이라도 먹어야 한다. 다행히 밭둑과 논둑에는 유기농 씀바귀가 지천이다. 외지인들은 달큼한 냉이만 캐가고 쓴맛 강한 나물만 온전히 내 차지가 되었다.

씀바귀는 귀한 나물이다. 영양소도 풍부하지만, 무엇보다 소화 기능을 돕고 열을 풀어 심신을 안정시켜주는 봄 씀바귀다. 면역력까지 키워준다고 하니 요즘처럼 불안한 시대에 안성맞춤 야생 나물이다.

아무리 과학이 발달하고 첨단의 제품들이 유행해도 인간

에게 제일 좋은 것은 자연이 키워낸 것들이다. 사람도 자연의 일부분이라서 자연 속에서 먹을거리를 찾는 것은 당연한 일이다. 하지만 밥상이 안정되기를 바라는 마음으로 이틀이 멀다고 나물 캐느라 들판에 앉아 있으려니 동네 사람들 만나는 게 민망할 때도 있다.

밥 먹는 일은 어떤 행위보다 원초적이다. 누군가의 희생과 헌신을 통했을 때 밥상이 제값을 한다. 햇볕을 등에 지고 얼굴이 검게 타도록 들판에 앉아 나물 캐는 일에 몰두하다 보면 잡념을 떨쳐버릴 수 있어 좋다. 무엇보다 무기력해지는 몸과 마음을 추스르기에 이보다 좋은 일거리가 없으니 희생과 헌신을 강조하지 않아도 된다. 메시지로 들썩이던 밥상이 봄나물 덕분에 안정되어 좋고 지천인 들꽃과의 만남은 호사다. 잦은 발걸음에 움츠러든 씀바귀에겐 미안한 일이나 산골 생활이 이처럼 다행스러울 수가 없다.

사랑하는 이유

좋은 노래라며 지인이 동영상을 보냈다.

시간 속에 묻어 둔 추억과 잊고 있었던 것들을 소환하게 만드는 올드팝이다. 오래전 고인이 된 미국의 컨트리 가수 짐 리브스의 '사랑하는 이유'를 장년의 남자가 부른다. 저음의 목소리는 따듯하고 부드럽다. 가슴으로 스며드는 달콤한 멜로디와 가사를 음미하며 반복하여 듣는다.

60년대 초, 아버지께서 유선방송실을 운영한 적이 있다. 농촌 근동의 집집에 스피커를 달아주고 새벽 시간에는 어른들이 좋아하는 트로트 레코드판을, 저녁 시간에는 아이들을 위해 동요가 담긴 레코드판을 턴테이블에 올렸다. 나머지 시간에는 라디오방송을 들을 수 있었다. 덕분에 초등학교 저학년 때부터 남들보다 먼저 여러 장르의 음악을 접할 수 있었다.

팝송의 매력에 빠지게 된 건 70년대로 막 넘어서였다. 일본제 트랜지스터라디오를 선물 받았는데 밤이나 낮이나 끌어안고 지냈다. 한밤중에 듣는 팝송은 나를 달뜨게 해서 잠들지 못하게 했고 생각도 웃자라게 했다.

오랜 세월이 흘러 다시 듣는 노래가 새롭게 다가온다. 학생 때는 딱딱하고 어렵기만 하던 고전문학 작품을 어른이 되어 다시 읽으면 느낌이 완전히 다르듯 나이가 무거워지면서 멜로디보다는 가사에 감정이 많이 실린다.

당신을 사랑하는 이유는/ 잘 이해해 주기 때문이지/ 무슨 일을 하고자 하든 이해해 주기 때문이야/ 도움이 필요할 때는 언제나 손을 내밀어 주는 당신/ 당신을 사랑하는 이유는 무엇보다도 당신이기 때문이야/ 세상 사람이 뭐라 해도 난 알아, 당신의 사랑이 큰 힘이 된다는 것을/ 당신을 사랑하는 이유는 절대로 의심하지 않기 때문이야/ 당신을 사랑하는 이유는 마음이 편해지기 때문이야/ 당신 옆에 나란히 걸을 때는 언제나 그렇지/ 당신을 사랑하는 이유는 내일이 밝아지기 때문이고/ 행복의 문을 열어주고/ 당신의 사랑이 큰 힘이 된다는 것을/ 수만 가지 이유가 있겠지만/ 무엇보다도 바로 당신이기 때문이야.

푸르던 시절 열망하던 순종적인 사랑이 아니던가. 상대를 위해 조건 없는 인내와 헌신으로 나를 내려놓아야 가능한 일이다. 진정으로 사랑하는 사람이 생긴다면 나를 버리고 살아도 좋다고 생각했다. 결혼 적령기가 되면서는 베아트리체가 되었으면 했다. 단테가 9세 때 첫눈에 반해 죽을 때까지 생애 대부분을 시 작품을 바치며 사모했던 여인, 베아트리체처럼 살면 얼마나 좋을까 했다. 이기주의자가 된 것이다. 그 욕구가 충족되지 않으면 사랑을 의심하고 관계는 멀어질 것이 뻔한 일인데도 원하고 있었다.

순종적인 사랑을 하는 사람은 고독하다는 걸 중년이 지나 알았다. 연인이나 부부, 자식하고도 의견이 맞지 않아 마음 상하는 일이 한두 번인가. 사는 일이 어느 때에는 가슴에 피를 흘리며 인장을 새기는 것처럼 고통스러운데 변화무쌍한 삶의 한가운데서 변하지 않고 어찌 살 수 있을까. 자기만의 색깔로 흔들리지 않는다는 것은 결코 쉬운 일이 아니다. 헌신은 숭고하지만 답답하고 갑갑해서 나도 너도 한결같기를 바라지만 장마철 변덕스러운 날씨처럼 사람 마음도 수시로 변하지 않던가.

'사랑하는 이유'를 하루에도 몇 번씩 듣다 보니 마음에 잔잔한 파문이 일어난다. 이제야 긍정적인 마음으로 깨닫게 되고 고개가 끄덕여진다. 서로 엇갈리고 사랑받지 못한다는 생각에 가슴이 먹먹하게 저려 왔었다. 정말 사랑했을까, 나는 어떤 사랑의 존재였을까. 초조해하던 날들이 밀려와 부서진다.

돌아보니 나는 끊임없이 사랑받는 베아트리체로 살아왔다. 내가 안정된 생활을 하는 것은 대가를 바라지 않고 믿어주고 힘들 때 손을 내밀어 용기를 주었기 때문이다. 아무도 본 사람이 없는 유령과 같은 사랑으로 지켜주었기에 자아를 발전시키고 여기까지 올 수 있었다. 진정으로 그대를 위해 마음을 열고 있는 그대로 믿어주고 힘들 때마다 손을 내미는데 인색했던 내가 있을 뿐이다.

'사랑하는 이유'가 끊임없이 반문하게 한다.

사랑, 참 어렵다.

밥만 먹고 가지요

오래전의 일이다.

미국에 정착해 살던 지인의 친척들이 고향을 찾아왔다. 60년대 어머니만 한국에 남고 형제자매가 미국에 이민가서 성공한 분들이었다. 몇 년에 한 번씩 대식구가 고국을 찾아오는 건 고향에 대한 향수 때문이라는 것을 잘 알고 있는 지인 내외는 그들이 올 때마다 시간과 물질적으로 많은 소비를 감당하며 성심껏 대접하곤 했다. 어느해 LA 사는 친지 자제가 한국에서 결혼식을 치르게 되었다.

그분들은 미리 입국해 결혼식 준비를 하고 새 며느리를 맞아들이는 축제의 장을 벌였다. 잔치가 끝난 후 하나같이 기분이 좋아 보이질 않았다.

예전에는 교통과 통신수단이 발달하지 않아 대인관계도 지금처럼 폭이 넓지 않았다. 혼사를 치를 때는 가까운 친지나 근동 사람만이 참석하던 시절이었다. 며칠 전부터 술을 담그고 음식 장만에 온 동네가 술렁일 즈음에 미리 오신 집안 어른들은 혼삿날이 지나고도 며칠간 숙식을 하고 떠났다. 그들이 그런 시절에 미국으로 이민을 떠났으니 변해버린 한국의 결혼식 풍경에 기가 막혔던 것이다.

예식장에는 한국 사돈 쪽으로 많은 손님이 왔다. 그런데 약속이나 한 것처럼 혼주와 눈만 맞추고 악수하더니 무엇이 그리 급한지 축의금을 내고는 곧바로 피로연장을 향해 돌아섰다. 식사를 먼저 하고 식장 안으로 되돌아오겠거니 여겼는데 그냥 돌아나갔다. 혼례를 치르는 신랑 신부의 얼굴은 본체만체 식장 안으로는 발도 들여놓지도 않고 밥만 먹고 가는 건 축하가 아니지 않느냐면 황당해 했다. 지인 내외가 변해버린 한국의 결혼 풍속도에 관하여 아무리 설명해도 이해가 되질 않는다며 몹시 실망했다.

내 친구가 딸을 시집보내는 날도 그랬다. 먼 곳이거나 가까이서 온 친구들이 예식 시간보다 일찍 도착해 혼주만 보고 피로연장으로 모였다. 예식은 뒷전이고 식사에 열중하다 늦게 오는 친구들을 반긴다. 나는 가깝게 지내는 친구를 설득해 예식이 끝날 때까지 자리를 지키다 뒤늦게 합류하곤 하는데 그럴 때마다 왠지 마음이 개운치가 않았다. 시집보내는 딸이 얼마나 아름다운지 자랑도 하고 싶고 새로운 둥지로 떠나보내는 혼주의 쓸쓸한 마음을 헤아려 혼례식에 함께 해주고 축복해 주면 얼마나 좋을까. 식장 안은 빈 좌석이 눈에 띄는데 북적거리는 피로연장에 와야 잔칫집이란 걸 실감한다. 한데 그마저도 아득한 일이 되어버리는 시절이 한동안 이어지지 않았던가.

처음 겪는 역병으로 모든 이들을 공포에 떨게 하던 때 조카딸이 결혼했다. 오십 명 이하만 참석해야 한다는 방침이 내려진 탓도 있었지만, 예식장 안은 몹시 썰렁했다. 들뜬 잔칫집 분위기는 어디에서도 찾아볼 수 없었다. 역병이 두려운 하객들은 마스크를 쓰고도 말을 아꼈다. 축하의 말만 허공에 던지고 풍성한 뷔페 대신 주문한 도시락도 마다하고 발길을 돌렸다. 눈치를 봐야 하는 혼주도 민망하고 축복받아야 할 신랑 신부도 죄지은 사람처럼 편치 않은 눈치였다. 마주 앉아 잔치 음식을 먹으며 왁자하던 시절이 다시 올까 싶었다. 친족의 혼사였지만 나 또한 빠르게 식장을 빠져나오면서 민망했다. 밥만 먹고 간다고 서운해하던 그때마저 그리워지던 날이었다.

얼마 전, 문우 자제의 혼사가 있었다. 역병이 아주 떠나가지는 않았지만, 예식장 분위기가 축제의 장으로 되살아났다. 마스크를 벗은 하객들의 표정도 밝다. 어려운 코로나 팬데믹 시대를 보낸 탓일까, 예식문화가 변했다. 식당으로 몰려가지 않고 많은 사람이 혼사를 지켜보고 축복해 준다. 혼주도 신랑 신부도 환하다. 이런 날이 진즉에 왔으면 얼마나 좋았을까. 진정한 축제의 장이 펼쳐졌다.

Chapter 3

소멸하는 것들에 대한 위로

밥은 삶을 관통하는
가장 중요한 부분이다. 많은 생명이
내 생명을 지탱해 주기 위해 소멸한다.
다른 생명을 잇는 과정에서
필연적인 죽음을 맞이한다.
생존을 위해 억지로 먹는다는 것은
그들에 대한 예의가 아니다.
다른 것들의 생명을 빌려 내 삶을 이어가는데
바르게 먹고 헛되게
삶을 낭비하지 않아야 하리라.
– 본문 중에서

소멸하는 것들에 대한 위로

바람 소리에 섞인 들고양이들의 밥 달라는 소리가 요란하다. 사료를 들고 마당으로 나갔다. 마른 잔디 위에는 숲에서 날아온 낙엽이 수북하고 맺혀 있는 이슬방울은 무거워 보인다. 서리맞은 일년초들도 고개를 숙였다. 반쯤 잎을 떨군 배롱나무를 스치는 습기 없는 바람 소리는 투명하고 하늘은 파랗다.

자연의 법칙을 근간으로 하는 시간의 흐름이 한 치의 오차 없이 오가는 것을 본다. 이 우주상에서는 작은 미물에 지나지 않다는 것을 관조나 명상이 아닌 오로지 계절을 보내면서 체험으로 알게 된다. 자연의 섭리에 한없이 초라해지는 계절, 나도 모르게 옷깃을 여민다.

처마 밑에 있는 고양이의 밥그릇에도 낙엽이 밥처럼 누워 하늘을 올려다보고 있다. 옆에는 미동 없는 청설모가 있다. 병들어 죽은 것도 아니고 스스로 생을 마감한 것도 아니다. 상처 난 것을 보니 고양이가 사냥해 온 것 같다. 들고양이의 허기를 채워주기 위해 희생당했다. 자신의 의지와 상관없이 생을 마감한 청설모에 대한 애도 속에서도 밥이 되기 위한 죽음이 조금은 안심이 되는 이유는 무엇인가. 야생에서 살아야 하는 들고양이가 인간이 주는 사료에 길드는 안타까움이 잦아들어서일까.

생의 원천은 먹는 일이다. 강자의 생명을 잇기 위해서 약자의 삶은 필연적인 죽음을 맞아야 한다. 모든 곡식과 채소, 동물과 생선은 죽어야만 밥상 위에 올려질 수 있다. '잘 먹고 죽은 귀신은 때깔도 좋다'고 하듯 먹는 일은 망자 앞에 놓는 사자 밥으로 귀결되니 삶은 늘 죽음의 향연 속에서 이어진다.

몇 년 전부터 고기를 잘 먹지 못한다. 예민해진 소화기관

탓도 있지만 죽음을 앞에 두고 공포에 떨었을 그들의 눈망울이 떠올라서이고, 정형사의 칼날에 해체된 살덩이가 요리가 되어 밥상에 오르는 과정이 몹시 거슬려서이기도 하다.

텃밭에 심은 상춧잎을 따거나 풋고추를 딸 때조차도 망설여진다. 씨앗을 뿌리고 때맞춰 물을 주며 기른 것이라도 나름의 생명이 있는 것들이라 맛있게 먹다가도 생으로 씹는 행위가 잔인한 것은 아닌가, 멈칫한다.

그래서일까, 거의 날마다 배탈이 났다. 이런 나의 증세를 병원에서도 그 원인을 찾아내지 못해서 답답했다. 두 해쯤 지나자 알레르기가 생겼다. 두드러기가 일어나기도 하고 몹시 가려워 긁다 보면 온몸에 좁쌀처럼 돋아나 쓰리고 화끈거렸다. 피부과에서 처방한 약도 먹고 피부질환에 좋다는 연고를 발라도 소용이 없었다. 설사와 함께 피부병으로 두 해 겨울을 냉방에서 지내는 고통을 겪으며 깨달았다. 내 안으로 들어온 것들을 잘 받들고 다스리지 못해 생긴 일들임을.

몸이 망가진 것은 오로지 내 탓이었다. 숱한 생명의 목숨값을 가벼이 여겨 돌아보지 않아서다. 다른 생명들을 내 안으로 옮기는 과정에서 거친 물길에 몸을 맡겼던 어부들과 들판을 내달던 농부들의 가쁜 숨소리를 헛되이 여겼던 깊은 미안함을 어쩌랴.

밥은 삶을 관통하는 가장 중요한 부분이다. 많은 생명이 내 생명을 지탱해 주기 위해 소멸한다. 다른 생명을 잇는 과정에서 필연적인 죽음을 맞이한다. 생존을 위해 억지로 먹는다는 것은 그들에 대한 예의가 아니다. 다른 것들의 생명을 빌려 내 삶을 이어가는데 바르게 먹고 헛되게 삶을 낭비하지 않아야 하리라.

가을이 깊어졌다. 이별 많은 계절이다.

삶과의 만남이 그러하고 자연과 사람의 만남이 그러하다. 이 절대적 진리가 상실감, 혹은 스산함의 느낌으로 다가옴은 모든 대상이 내 생을 이어주는 스승임을 알지 못하는 부끄러움인지 모른다.

들고양이들이 잡아 온 청설모를 그냥 두고 밥그릇에 머리를 맞대고 사료를 먹는다. 감나무에 남겨진 주홍빛 감이 새들의 먹이로 온몸을 보시 중이다. 그렇게 또 한 계절이 생성과 소멸을 반복하며 흐른다.

스물다섯 시간 동안

서울서 내려오는 길에 조금 전 헤어진 여동생에게 전화했다.

"우리 여행 가자."

"언니, 갑자기 웬 여행?"

"그냥."

몇 년 전 구강점막에 팥알만 한 크기로 뭔가 생겼다. 통증도 없고 불편하지도 않아 신경 쓰지 않고 지냈는데 그것이 조금 커졌다. 언젠가 치과 치료받을 때 '불편하지 않으면 그냥 두고 불편하다 싶으면 말씀하세요.' 하던 의사의 말이 생각나 병원에 갔더니 지체하지 말고 서울의 큰 병원으로 가서 조직검사부터 하라며 소견서를 써준다. 대수롭지 않게 생각했던 일인데 어안이 벙벙해졌다. 집으로 돌아오면서 생각했다. 혹여 나쁜 결과가 나온다고 해도 애쓰지 말고 주어진 삶에 순응하자. 그런데 걱정보다는 번거롭다는 생각이 먼저 들었다. 서울 갈 때 기차를 탈까, 버스를 타고 갈까, 아니면 내 차를 몰고 갈까로 고민하던 게 엊저녁이었다.

새벽 비가 내린 스산한 아침, 설거지도 팽개쳐놓은 채 게으름을 피우고 있는데 큰딸이 울먹이며 전화한다. 지청구를 끌고 목소리를 높여도 잘못을 저지른 아이처럼 제대로 대꾸도 못 하고 변명만 늘어놓았다. 어제저녁 병원을 나서면서 사위에게 서울의 대학병원 예약을 부탁했었다. 식구들에게 말하는 게 번거롭기도 하고 별일 아니면 민망할 것도 같아 비밀로 해달라고 했는데 들통이 났다. 뒤이어 서울 사는 여동생도 걱정을 앞세우며 전화한다.

딸의 성화에 옷도 갈아입지 못하고 끌려가다시피 서울로 향했다. 사위가 일찍 병원으로 가서 하늘의 별 따기처럼 어려운 당일 예약을 잡았다고 한다. 병원에는 여동생도 미리 와서 기다리고 있다. 정작 본인은 덤덤한데 온 집안이 시끄러워지고 있으니 오히려 죄인이 된 것처럼 민망하다. 대기실에는 적지 않은 환자들이 웃음기 없는 초조한 표정으로 순서를 기다리고 있다.

노인이 되기 전, 친구들이 하나, 둘 병으로 세상을 떠나갈 때면 몹시 놀랍고 안타까웠다. 상실의 슬픔을 겪으면서도 죽음은 나와 무관한 일이라 여겼다. 그래서 큰 병원으로 가라는 소견서를 받고도 심드렁했다. 나는 대수롭지 않은 일로 여기고 걱정하지 않는데 혼란스러워하는 딸과 동생을 보면서 덜컥 겁이 났다. 나도 예외가 아니라는 걸 깨닫자 서글픔이 밀려온다.

기댈 곳 없이 바람을 맞던 날들은 아직도 표지석처럼 남아 쑤시고 아프다. 문득, 거리를 잴 수 없는 그리움이, 별처럼 아득한 것들이, 확신하지 못해 불안했던 사람과의 관계가 대기실의 무거운 공기를 뚫고 한꺼번에 밀려든다. 다시 어제의 날처럼 시간을 죽이며 하루하루 의미 없이 돌아눕게 살면 후회만 남을 생이다. 내게 주어진 유한한 시간이 짧다면 무엇을 어떻게 해야 할까.

긴장했던 시간이 무색하게 진료 결과는 가볍다. 서둘러 수술할 만큼 걱정할 일도 아니라고 한다. 주사로 약물을 주입해 부위를 줄여 수술한 다음 조직검사를 하면 된단다. 대기실에서 초조하게 기다리고 있던 식구들이 그나마 다행이라며 낯빛이 환해진다. 예약날짜를 잡고 병원을 나서자 긴장이 풀린 딸과 동생이 나를 바라보며 눈시울을 붉힌다.

누구나 그러하듯이 무뎌지고 견뎌내면서 숙성시키던 삶이다. 황당한 일을 겪고 나니 내가 가야 할 길이 보이고, 바쁘다는 핑계로 밀어 놓았던 일들이 선명해진다. 언제 어떠한 일이 생길지 모르는 게 인생살이가 아니던가. 정신이 번쩍 든다.

어제와 오늘이 넘나들고 잡념이 혼재된 스물다섯 시간이 온전히 어둠 속으로 잦아들 무렵 전화기가 울린다.

"언니 가자, 여행!"

피붙이의 지난했던 삶을 떠올린 듯 젖은 목소리로 말하는 동생의 말에 주저하지 말고 하고 싶은 일 다하면서 살라며 딸이 추임새를 넣는다.

소견서를 받은 시간부터 집으로 돌아가는 이 시간까지 눈을 크게 떠도 보이지 않는 내일이 더 아득해지는 하루하고 한 시간을 출렁이며 떠돌았다.

어둠 속에서 홀로 목이 메인다.

별이 총총하다.

어미

함박눈이 퍼붓던 날이었다. 흰 바탕에 검은 무늬의 고양이가 마당을 어슬렁거렸다. 현관문을 열자 달아나는 고양이는 윤기 없는 털에 몸집은 앙상한데 늘어진 배에 유난히 큰 젖꼭지만 보였다. 반려견 세 마리를 건사해야 하는 처지여서 길고양이까지 거둘 수 없는데도 자꾸 어미가 눈에 밟혔다. 새끼는 몇 마리나 낳았는지, 젖은 잘 나오는지 걱정이 되었다. 고양이가 먹을 수 있는 밥을 마당 한쪽에 놓고 창밖을 살폈다.

어미 고양이는 내리는 눈처럼 기척 없이 다가와 허겁지겁 먹고 사라지기를 반복했다. 며칠 후에는 새끼 네 마리를 데리고 와서 빤히 쳐다본다. 긴장한 눈빛이다. 열악한 환경에서 새끼를 키워야 하는 절박함으로 모험에 나선 것이다. 어릴 적부터 고양이는 요물이라는 할머니 말씀에 몹시 싫어했지만, 어미의 애처로운 눈빛이 안쓰러워 애견 사료를 갖다 주었다. 그 무렵부터 매일 찾아오던 고양이 가족 외에 다른 고양이도 하나둘 모여들더니 얼마 안 돼 열 마리가 훌쩍 넘었다.

길고양이의 수명은 3년 정도라고 한다. 처음 찾아왔던 어미는 보이질 않는다. 대신 성장한 새끼들이 다시 새끼를 낳아 데리고 온다. 동네 사람들은 마뜩잖은 눈길을 보내지만 산 생명을 굶어 죽게 할 수 없어 캣맘을 자처했다. 이젠 나를 집사로 여기는지 현관문을 열고 나가면 마당에 있던 고양이들이 우르르 달려와 갸르릉거린다. 발길마다 따라다니며 제 뺨을 문지르고 앞발과 꼬리로 툭툭 치며 장난도 친다.

어떤 날은 현관 앞에 잡은 쥐를 물어다 놓고 칭찬받기를 원하는 듯 실눈으로 윙크를 하고, 사료를 들고 가면 다리 사이를 빠져 다니며 몸을 비비기도 한다. 고양이 덕분에 집

주변에 수시로 출몰하던 뱀도 사라지고 거실이며 방까지 들어오던 지네도 언제부턴가 눈에 띄지 않는다. 한 사람을 자기가 감당하기 힘들 정도로 사랑한다는 고양이와 시나브로 친숙해져 나는 그들을 보살피고 고양이는 집 근처에 있는 해충이며 쥐를 퇴치해 주는 상생 관계가 되었다.

얼마 전, 어린 새끼를 데리고 다니는 어미와 애증 관계로 변해버린 사건이 일어났다. 긴 장마에 지쳐 가던 그 날도 거센 빗줄기가 쏟아졌다. 오전에 외출할 일이 있어 마당에 주차해 놓은 차를 후진시키고 앞을 보았다. 새끼 한 마리가 쓰러져 피를 흘리고 있다. 비를 피해 차 밑에 있다가 미처 피하지 못했던 것 같다. 외곽도로에서 차에 치여 죽은 동물 흔적을 볼 때마다 마음이 무겁고 안타까웠는데 내 집 마당에서 그런 일이 생겼다. 그것도 몇 년 동안 밥 주고 겨울이면 빈 상자 속에 헌 이불을 깔아주며 거두던 들고양이의 새끼다. 빗속에서 한 생명이 꺼져 가고 있다. 어미가 그 광경을 지켜보다 슬그머니 자리를 떠난다. 새끼 때부터 내게 밥을 얻어먹고 자라 제 새끼를 낳아 믿고 찾아온 곳에서 자식을 잃었으니 얼마나 참담할까.

스무 살 아들이 저 스스로 목숨을 버리던 날, 어머니는 울지도 않으셨다. 갓 시집와서 모든 게 낯설고 불편했던 내가 부엌 한쪽에 앉아 울고 있을 때마다 곁에 앉아 위로해 주던 인물이 훤하고 착한 시동생이었다. 고등학교를 졸업하고 한동안 방황하더니 그렇게 허무하게 떠났다. 일주일쯤 지나자 더는 견디기가 힘들었는지 어머니가 울음을 쏟아놓기 시작했다. 아들이 쓰던 방에 쓰러져 몸부림을 치고, 욕실 바닥에 주저앉아 대성통곡했다. 집안 곳곳이 울음을 토해내는 장소가 되었다. 모든 식구가 상처로 아팠지만, 어머니의 아픔에는 비교할 수가 없었다.

젊은 아들의 죽음은 쉽사리 걷히지 않는 어둠을 불러왔다. 그 속에서 헤어나지 못하는 어머니는 자식이 그리된 게 당신 탓이라 자책하며 술로 슬픔을 달랬다. 자식을 앞세운 상처는 가슴속에서 통증을 키워갔다. 오지게 넘어져 뼈가 부러지거나 살이 찢기는 상처처럼 시간이 지나면 치유되는 것이 아니었다. 날마다 술로 아픔을 삭이던 어머니는 결국 알코올성 치매로 전문 병원에 입, 퇴원을 반복하다 노인 요양병원에서 먼저 이승을 떠난 아들을 찾아가셨다.

자식을 잃는 것은 부모의 삶도 무너지는 일이다. 아무리 미물이라도 사람이 미처 알지 못하는 고통으로 힘들어할 것이다. 하물며 좋고 싫은 감정을 솔직하게 표현하는 고양이의 심정도 결코 사람보다 못하지는 않으리라.

그날, 밤늦도록 어미는 나타나지 않았다. 새끼들만 다른 무리의 틈에서 밥을 먹는다. 혹여 어미가 없다고 한쪽으로 밀려나지는 않을까, 밥그릇이 비워질 때까지 지켜보면서 쉽사리 그 자리를 떠나지 못했다.

어미는 며칠 만에 나타나 초췌한 모습으로 마당을 어슬렁거렸다. 반가우면서도 가슴이 먹먹해졌다. 나는 진심으로 미안하다고 사과했다. 어미는 마주칠 때마다 내게 하악질을 한다. 용서할 수 없다는 듯 치켜뜬 눈에는 원망만 가득하더니 다음 날 어린 새끼를 내게 남겨놓고 떠났다. 하염없이 마당을 바라보며 기다렸지만, 다시 돌아오지 않았다. 두 아이의 어미인 내가 새끼를 눈앞에서 잃은 어미 고양이의 마음을 어찌 모르겠는가. 어딘가에서 웅크리고 앉아 홀로 울고 있을지도 모른다. 길고양이를 돌보다 이렇게 깊은 상처가 생길 줄은 몰랐다.

자식의 목숨이 끊어지는 모습을 지켜본 어미는 살아있어도 산 게 아니다.

업

친구가 새 아파트로 이사를 했다. 넓은 평수에 살림살이를 새로 바꿔 환하고 고급스럽다. 뒤쪽은 숲이고 앞이 막히지 않아 시선이 먼 곳까지 가서 좋았다. 연신 탄성을 쏟아내며 집안을 기웃거리는데 옆에 서 있던 친구의 남편이 한 말씀하신다.

"아파트지만 이 집이 명당자리입니다."

퇴직하기 몇 해 전부터 풍수지리를 배우고 있다는 말을 익히 들었던지라 이사를 하는 데 도움이 되었으리라 생각했다. 그런데 그분께서 느닷없이 나만 서재로 조용히 부른다. 가까이 지내는 동갑내기 친구지만 남편과의 대면은 손가락을 꼽을 정도다. 눈치를 보니 예사 사람은 아닌 것 같다. 거절할 수 없는 상황이라 죄 많은 속내라도 들키면 어찌하나, 걱정을 앞세우고 다소곳이 마주 앉았다.

그분은 내게 고쳐야 할 것을 지적해 준다. 욕심이 과해 마음 그릇에 금이 가기 시작했고 그로 인해 몸도 상하기 시작했다고 한다. 미움받을 일을 하지 마라, 원망하는 마음도 버리라고 한다. 더욱 충격적인 것은 전생에서 권력을 너무 휘둘러 상처받았던 사람들이 현생에서도 곁에 있어 그들로 인해 어려움을 겪고 있으니 절을 많이 해서 쌓인 업을 비워내라고 한다. 문득, 오래전에 들었던 집안 동서의 말이 떠올라 갑자기 무섭고 겁이 났지만, 앞에서는 내색하지 않았다.

제법 규모가 큰 음식점을 경영한 적이 있다. 종업원도 여러 명이었고 손님도 많아 잠시도 쉴 틈이 없었다. 주방장이 쉬는 날에는 온종일 주방일을 도와야 하는 고된 나날이었지만 다른 집보다 항상 북적이니 힘든 줄을 몰랐다. 그러던 어느 날이었다. 근동에 사는 먼 친척 동서가 놀러 왔다. 점심상을 차리는 나를 보더니 "형님은 전생에 수라간 상궁이어서 현생에서 음식점을 하시는 거예요." 한다. 그때는 지나가는 말로 툭 던져서 정말 우스갯소리로 하는 소리인 줄 알았다. 그렇다면 상궁도 벼슬이라고 수라간에서 아랫사람을 괴롭혔던 것인가.

띠동갑인 작은고모는 독실한 불교 신자로 선원에서 기도하는 걸 게을리하지 않는다. 태어나면서 한집에서 살았고 지금껏 조카딸을 지켜본 고모이다. 내게 힘든 일이 생기면 친정 부모보다 먼저 전화해서 하소연하곤 했다. 그럴 때마다 따듯하게 위로해 주며 하는 말이 있다. '전생의 업이니 힘들어도 견디고 베풀고 살다 보면 업도 소멸하고 노후도 편안해질 거'라며 기회가 되면 기도를 열심히 했으면 좋겠다는 뜻도 보이셨다. 아직은 견딜만해서였는지 대답만 하고 지나쳤다.

친정 고모와 동서, 그리고 친구의 남편은 내 전생의 업을 상기시켰다. 돌아보니 욕심이 과한 것도 사실이다. 무언가 꿈을 갖고 목적의식이 있는 것도 아니면서 내 것 아닌 것을 탐하고 노력도 없이 남에게 뒤처지면 자존감이 내려앉아 우울했다. 무엇보다 가까이서 나를 힘들게 하는 사람이 전생의 인연이라면 어쩔 수 없이 견뎌야 한다는 생각을 이미 하고 있었다는 것에 전율이 일었다.

함부로 살지 말아야 할 삶이었다. 그런데 어쩌랴. 그 말을 들을 때는 두렵고 신비했으나 시간이 지나면서 까맣게 잊고 지냈다.

어느 모임에서 108배로 마음과 몸의 건강을 지킨다는 사람을 만났다. 집안에서 날마다 사방을 향해 절을 하고 나면 마음이 가벼워진다고 했다. 그제야 전생의 업을 소멸하려면 절을 열심히 하라던 말이 떠올랐다. 그날부터 말 잘 듣는 아이처럼 108배를 하기 시작했다. 누군가에게 용서를 구한다는 게 무척이나 어색했다. 의지력에 따라 긴 시간을 할 수도 있고 짧게 끝날 수도 있다. 허나, 시작이 반이라고 하지 않던가. 며칠이 지나자 마음의 변화가 생기기 시작했다. 내 이기심으로 상처받은 이들에게 진심으로 용서를 구하고 신에게 버림받아 에덴의 동쪽 노드 땅으로 쫓겨간다 해도 어쩔 수 없이 지을 수밖에 없는 죄를 생각하며 무릎을 꿇었다.

불가에서는 거듭 절을 하게 되면 업장이 소멸할 뿐만 아니라 마음 그릇이 청정해진다고 한다. 그릇이 청정해지면 '몽중가피夢中加被'도 나타나고 '현증가피顯證加被'와 '명훈가피冥熏加被'도 나타나게 된다고 한다. 절을 한다고 내가 그러한 경지까지 오를 수 있을까마는 상한 몸이 건강해지고 금이 간 마음 그릇이 조금이라도 청정해지길 바랄 뿐이다. 그러면 주위를 바라보는 시선도 너그러워지고 힘들게 하는 이들을 예전보다 쉽게 용서할 수 있지 않겠는가. 세월이 지나 업보까지 소멸할 수 있다면 그것은 현생에서 받는 덤이지 싶은데 이것도 욕심일까.

전생에서부터 맺어 온 인연의 끈을 따라 삶은 이어지는가 보다. 때로는 두렵다.

연인

금실 좋은 부부가 홀로되면 더 힘들어한다. 무턱대고 무시할 일이 아니었다. 세상사 살다 보면 더러는 죽은 것 같은 고목에도 물이 오르고 꽃이 피기도 한다는 사실이다. 반쯤은 기울어진 채 가지 절반이 삭정이로 남아있는 집 뒤의 밤나무로 보였던 굽은 허리에 백발인 엄마의 새로운 놀이다.

나목이 새순을 틔우는 계절이면 여인에게도 바람이 찾아든다. 몸은 늙었지만, 마음은 청춘이라는 엄마가 느닷없이 청바지를 사달라고 하신다. 할머니에게 청바지가 가당키나 한 일인가. 웬 청바지냐고 했더니 주간보호소에서 소풍 간다며 꼭 입고 싶단다. 허물어진 몸 생각은 하지 않는 것일까. 청바지는 다리가 길고 엉덩이와 골반, 허벅지까지 잘 발달해야 어울린다. 밋밋한 엉덩이의 나도 청바지를 입을 때마다 번번이 좌절하는데 노모께서 청바지를 입겠다는 그 용기는 어디서 났을까.

오래전, 아버지께서 말기 암으로 급작스럽게 떠나셨다. 아버지의 따뜻한 사랑을 평생 받으셨던 엄마는 상실감과 외로움에 못 견뎌 하더니 얼마 지나지 않아 골반이 부러지는 낙상을 하셨다. 이미 제대로 걷지 못하는 상황에서 벌어진 일이었다. 의사는 수술 후, 두 달 내에 회복되지 않으면 돌아가실 수도 있다고 했다. 혹여 잘못되지나 않을까 걱정하는 자식들과 달리 회복은 빨랐다. 재활 치료를 끝냈으나 걸음걸이가 불안해 집에 혼자 있는 것보다 낫다며 권한 곳이 주간 보호시설이었다. 유치원에 가기 싫다며 아침마다 떼쓰는 아이처럼 처음엔 마지못해 집을 나서곤 했다. 어느 날부터 돌보미가 간호인에서 이성 친구로 바뀌면서 그곳에 가는 것을 몹시 즐거워하셨다. 예전의 아버지처럼 다정하게 손을 꼭 잡고 걷기 운동을 시키고 다독여 줄 때마다 닫혔던 감성이 열리는 것을 느끼셨던 것일까.

엄마의 변화는 생경했다. 겉으로는 좋은 일이라고, 잘하셨다고, 충분히 이해한다고 웃으며 말하지만, 속마음은 불편했다. 구십을 바라보는 나이가 난감하기만 했다. 푸른 청춘도 중년도 아니다. 꽃을 피워본 지가 언제인지 아득하니 무슨 향기가 있겠는가. 그런 엄마에게 남자친구가 생겼다는 고백을 들으며 헛웃음이 나왔다.

노년의 사랑이 낯설기만 했다. 나는 자신의 틀에서 수시로 벗어나면서 왜 엄마의 마음이 다른 이에게 옮겨갔다는 것이 섭섭한 것인가. 뜨악한 반응에 섭섭해진 건 엄마도 마찬가지였다. 하루가 멀다고 자식들에게 하던 전화도 특별한 일이 아니면 하지 않으셨다. 노인의 외로움을 달래주는 건 효도하는 자식이 아니라 터놓고 얘기를 나눌 수 있는 친구였나보다. 나에게 그런 상황이 생긴다면 내 자식들도 같은 심정일 거라는 생각에 마음 한구석이 서늘했으나 죽음을 곁에 둔 노인답지 않게 활력이 넘치는 모습을 보면 오히려 반가운 일이 아닌가 싶기도 했다.

모든 사랑은 시간이 필요하다. 화려하게 피어나는 꽃 같은 사랑은 잠시 미소를 띠게 하지만 인내와 희생을 견디는 사랑은 마음속 깊이 뿌리를 내린다. '보이지 않는 것은 사랑이 아니다.'라고 칼린 지브란은 말했지만, 너무 많이 보이는 것도 진정한 사랑이 아닐지 모른다. 어쩌면 엄마의 새로운 친구는 세상을 떠난 자기 아내에 대한 미안함을 성치 않은 엄마에게 대신하면서 연민을 느꼈는지 모른다.

"네 아버지가 생전에 나를 너무 위해줘서 그래. 가고 나서 외로움을 견딜 수 없더라. 날마다 주간보호소에서 만나는 그 양반이 지극정성으로 돌봐주니 고마워서 나도 모르게 의지하게 되더라."

엄마는 열일곱 살에 얼굴도 모르는 아버지에게 시집을 왔다. 고된 시집살이를 시키는 홀시어머니 밑에서 시누이와 시동생까지 수발하고 사는 동안 부엌 구석에 쪼그리고 앉아 행주치마에 찍어낸 눈물이 강으로 흐를 것이라 했다. 남편은 성실하고 다정해 오 남매를 낳아 기르며 서로 의지하고 정들어 살았다. 어느덧 자식들은 제 살림을 차려 떠나고 남편마저 다른 세상으로 떠났다. 몸은 성한 곳 없는 노인으로 홀로 남아 처음으로 느껴보는 때늦은 수줍음인가.

청바지를 샀다. 금빛 장식이 달린 검은 구두와 청바지에 어울리는 티셔츠도 사면서 소풍 갈 때 잘 챙겨입으라고 하자 얼굴이 복사꽃처럼 화사해진다. 엄마의 인생은 낡은 무명옷처럼 생기와 설렘은 남김없이 사라졌다고 생각했는데 연녹색 나뭇잎처럼 반들거리는 감성이 놀라웠다.

스스로 활동하기가 불편한 노인이지만 한동안은 엄마를 가두었던 모든 틀은 허물어졌다고 생각했다. 오로지 한 사람으로, 어둠이 내리는 삶의 끝자락에서 타인을 의식하지 않고 여생을 즐기실 줄 알았는데 마음도 몸을 따라가는가 보다. 어느 날부터 친구 얘기를 하지 않으신다. 예전처럼 애잔한 눈길로 자식들을 기다리시는 엄마의 연정은 오래가지 않고 사그라들었다.

연필로 쓰세요

'사랑은 연필로 쓰세요'라는 노랫말을 듣다 보면 쓴맛이 났었다. 죽도록 좋아하다 마음에 들지 않거나 버림받았을 때 깨끗하게 지울 수 있는 사랑이 있기는 한가, 삶처럼 사랑도 생로병사를 거쳐야 완벽한 것이라 여기는 나를 씁쓸하게 하던 그 노래가 어느 순간 엉뚱한 생각에 빠지게 했다.

늘 함께해야 하는 배우자나 자식도 눈에 차지 않아 못마땅할 때가 많다. 그럴 때마다 사람도 맘에 들지 않으면 부족한 면을 다시 그리면 얼마나 좋을까 했었다. 너나 잘하라는 말을 듣기 딱 좋은 생각이었다. 완벽하지 못한 나도 누군가에게 다시 그려질 수 있다는 것을 외면한 오만함이었다. 한동안 잊혔던 그 가사가 요즘 머릿속에서 맴을 돈다.

허물없는 사람을 만나면 할 말이 많다. 가정사를 알고 속내를 알기에 체면 차릴 일이 없으니 감출 일도 없다. 오랜만에 만나 서로의 건강을 염려하고 밥을 먹으면서 시작된 얘기는 끝이 없다. 주제는 자연스레 자식으로 넘어간다. 누구나 하나둘 생기는 병이 늘어 갈수록 의지하고픈 게 자식인데 제 자식 낳고 살림 사는 내 자식들의 변심이 신경 쓰인다. 에둘러 섭섭함을 농담으로 웃어넘기는 지인에게 내 자식도 별반 다르지 않다고 추임새를 넣지만 씁쓸한 마음은 감출 수가 없다.

어느 집이건 자식 마음이 변했다는 것을 인지할 수 있는 시기는 비슷하다. 가정경제에 가장 큰 버팀목이던 가장이 병고를 겪으면서다. 관계가 급속도로 가까워지거나 노골적으로 드러내는 재산 상속 문제로 껄끄럽고 서먹해지는 계기도 그즈음이고 당당하게 내 몫을 챙겨달라고 요구하는 딸의 목소리가 커지는 시기이기도 하다. 독립해 살면서도 부모에게 기대려는 고약한 심리는 내가 고생하고 자랐다고 허리띠 졸

라매며 풍족하게 키워준 보답일까. 죽음 앞에서 서성이는 부모의 생사보다는 잿밥에만 관심을 두는 자식의 배반에 섭섭해진 마음은 건강이 회복되어도 쉽사리 가시지 않을 터다.

빠르게 변하는 세상만큼 계산적으로 변해가는 자식 때문에 속앓이하는 부모들을 주위에서 심심치 않게 만난다. 내 자식은 변치 않고 순종할 거라는 생각은 그저 바람이고 욕심일까. 자기감정에 솔직한 모습이 거슬린다고 자식 마음을 꺼내 불효함을 지우고 효심을 그려 넣으면 만족할까.

친정아버지가 세상을 떠나시기 보름 전쯤, 아버지가 주는 마지막 용돈이라며 오십 만원을 흰 봉투에 넣어 주셨다. 두 딸과 세 명의 며느리에게 똑같이 주셨다. 생각지도 못한 일이었다. 당시 말기 암으로 이별의 시간이 가까워짐을 느끼시고 주변을 정리 중이었다. 많지 않은 현금은 한데 모아 엄마 몫으로 남기고 당신께서 마련해 놓은 야트막한 산은 외손을 제외한 세 아들의 아들인 세 명의 손자에게 공평하게 등기해주셨다. 출가외인인 두 딸도 아버지의 결정을 당연하게 여겼다. 그동안 받았던 사랑만으로도 충분해서 다

틈의 여지도 생기지 않았다. 누구도 불평불만 없이 오로지 병간호에만 최선을 다했다. 의식이 육체를 떠나기 전, 자식들에게 고맙다고 하시며 눈물을 흘리던 아버지의 모습이 선명하게 남아 있다.

어쩌면 아버지는 처음부터 자식을 연필로 그렸을지도 모른다. 눈에 차지 않는다고 흔적 없이 지우는 것이 아니라 자식의 마음결이 거칠게 일렁이면 끊임없이 다독이고 고요해지면 더 고운 색을 입혀 제대로 사람을 만드느라 살이 내리고 뼈가 녹았을 것이다.

아이들을 눈여겨본다. 마지막까지 서로 존중하고 고마운 마음을 간직할 수 있을까. 거친 숨소리 낼 때도 뜨겁게 부모를 안아줄까, 아버지처럼은 아니어도 이만하면 됐다 할 수 있게 그려놓은 것 같은데 자만은 아닌지, 쓸데없이 앞서가는 걱정을 따라잡지 못하는 것은 나이가 무거워져서인가.

지우고 싶다고 지울 수 있는 물상은 없다. 노후에 대한 상념만 물가의 돌미나리처럼 자리를 넓혀가고 있는 요즘이다.

내 남편, 딸 남편

내 남편과 딸의 남편은 달라도 너무 다르다. 극명하게 대조되는 상황이 지속되리라는 걸 감지한 남편은 세상이 망조가 들었다며 불퉁스럽게 말한다. 억지를 쓰는 모습이 얄밉고, 고소하면서도 이빨 빠진 호랑이 같아 안쓰럽기도 하다.

가슴이 덜컹덜컹 뛰어서 숨이 막힐 것 같은 시간을 수없이 지나왔다. 유행가 가사처럼 돌아보기조차 싫은 세월이었다. 생의 시간이 서러워서 끈적한 눈물로 다가올 때면 속으로 칼을 갈기도 했다.

첫딸과 네 살 터울로 둘째 딸이 태어날 때까지 중매로 만난 남편은 직장이 변변하지 않았다. 대가족인 시댁에 얹

혀살면서 칠 남매의 맏며느리인 내가 하는 일은 조부모님과 시부모님, 그리고 시누이와 시동생들의 수발을 드는 일이었다. 두 아이를 키우는 일도 버거운데 종일 세끼의 식사와 산처럼 쌓인 빨래, 청소를 해야 하는 고된 나날이었다. 분가하고 싶어도 시댁도 어려운 형편이라 기대조차 할 수가 없었다. 집안일을 혼자 하면서도 늘 죄인처럼 주눅이 들어 식구들 눈치를 봐야 했다.

작은 아이가 첫돌이 지난 다음 날, 두 아이를 친정에 맡겼다. 무엇이라도 해야 했다. 젖도 떼지 않은 아기와 멋모르고 따라나선 큰아이를 떼어 놓고 돌아서는 발걸음이 천근만근이었다. 남편에 대한 원망과 화려했던 젊은 날은 접어두고 두 딸만 잘 키워야겠다는 일념으로 앞만 보고 달렸다. 종가였지만 먹고사는 일이 급해서 아들에 대한 미련은 애당초 없었다. 어미라는 책임감만 등에 짊어졌다. 두려움도, 거칠 것도 없었다. 열심히 살다 보니 가시밭길을 지나 조금은 평탄한 길이 보이는 듯했다.

그런데 가장이 삶을 불편하게 했다. 물건을 훔치거나 사기를 치고 다녔으면 마음고생이 덜 했을까. 예쁘지 않아도, 향기가 없어도 여인을 보면 꿀 찾아다니는 벌처럼 주저 없이 날아가는 것을 보면서도 아이들만 끌어안고 참을 수밖에 없었다. 결혼생활 사십 년이 넘도록 마누라 속 썩이는 일을 한결같은 신념으로 삼고 살아온 남편이 작금의 젊은 남자들의 행태가 맘에 들겠는가.

큰딸 생일날 저녁이었다. 역병으로 밖에서 밥 먹는 일이 신경 쓰였는지 사위들이 퇴근할 시간에 맞춰 남편은 딸들이 좋아하는 회를 사 들고 왔다. 밥을 짓고 매운탕을 끓여 먹고 났더니 설거짓거리가 많다. 큰사위는 상을 정리하고 작은 사위가 설거지를 시작한다. 말려도 소용이 없다. 딸들과 과일을 먹으며 편안하게 텔레비전을 보고 있는데 심기가 불편해진 남편이 슬그머니 자리를 뜬다. 담배 생각이 났나 보다. 그전 같으면 처가에 와서 설거지까지 할 것 같으면 뭐 하러 장가를 가느냐고 했을 사람이 변해도 이만저만 변한 게 아니다. 길게 가지는 않아도 말도 고분고분하게 하고, 집안에서 뭔가 도울 일이 없는가 살피고 늙은 마누라 기분 상하면

손해다 싶은지 매사 조심, 또 조심이다. 강팔지던 성질이 서리맞은 풀처럼 맥이 없어 마음 한편이 짠해지기도 하나 그렇다고 젊었을 적부터 응어리진 게 하루아침에 풀어질 리 만무다.

나는 요즘, 두 사위가 무척이나 사랑스럽다. 무엇보다 든든한 직장인이라서 좋다. 퇴근하고 집에 오면 설거지는 기본이고 빨래나 청소까지 서슴없이 한다. 쓰레기 분리수거도 사위 몫이다. 딸이 시켜서 하는 것이 아니라 스스로 한다. 맞벌이라 배려하는 차원이라 쳐도 나는 꿈도 꾸지 못했던 일이다. 게다가 사위는 명절에 선물을 받으면 그중 제일 좋은 것은 처가로 가져온다. 옛말 틀린 것 하나 없다. 마누라가 이쁘면 처가 말뚝에 절을 한다고 하지 않던가. 내 딸을 아끼고 사랑해서 하는 일을 보면서 아들 부럽지 않은 사위만 보면 웃음이 절로 나오고, 무엇이든 해주고 싶어진다. 때로는 사돈께 죄송한 마음이 생기는 걸 부정하지 못한다.

어쩌다 딸 부부가 투덕거리다 친정에 와서 제 남편 흉을 볼 때가 있다. 그러면 남편은 전후 사정은 생략하고 불같이

화를 내며 당장 이혼하라고 난리를 친다. 똥 묻은 개가 재 묻은 개를 나무라는 격이다. 기가 막힌다. 사위가 하는 것을 보고 반성했는지 요즘 들어 조금 나아진 것뿐인데 어찌 그리 젊은 날의 잘못을 완벽하게 잊은 것인가. 헛웃음이 나오는 것을 참고 목소리를 깔며 나는 딸에게 말한다.

"결혼생활이 힘들다 싶으면 항상 엄마를 생각해. 엄마가 아빠랑 어떻게 살았는지 잘 알잖니? 아빠 같은 남자를 원하니?"

"엄마, 그렇게 끔찍한 말씀 하지 마셔, 엄마처럼은 절대 못 살아요."

"그럼 됐어, 니 남편 같은 사람이 어디 있다고 친정에 와서 불평해."

딸과의 대화를 옆에서 듣고 있던 남편이 시퍼렇게 날을 세우던 성깔은 어찌하고 소금에 절인 배추처럼 금방 풀이 죽는다. 복수에 여념이 없는 나만 기가 살아 살맛이 난다.

'사위들 고맙네, 덕분에 장모의 앞길이 훤해졌네.'

외가

분홍색 가방이 화사하다.

작은 트렁크 안에는 겉옷과 속옷, 몇 개의 장난감, 그리고 수영복이 들어있다. 초등학교 1학년 외손녀가 방학하면서 외가에서 며칠 자고 간다며 가져온 물품들이다.

어른만 있는 집에는 아이가 원하는 먹거리도 부족하고 놀거리도 없다. 텔레비전에서 어린이 프로를 시청하는 것도 한계가 있고 할머니와의 놀이도 심드렁하다. 커다란 고무대야에 물을 채워놓고 물장구를 쳐도 혼자라서 심심해 한다. 눈치를 보다 아이와 함께 마트로 갔다. 원하는 것을 잔뜩 사서 풀어놔도 전혀 신나 하지 않는다.

산속 마을에는 초등학생뿐 아니라 중·고등학교, 심지어 대학생도 없다. 집마다 어른들만 산다. 숨 막히게 더운 날씨 탓도 있겠지만 종일 사람 구경하기도 어렵다. 따분한 아이에게 텃밭의 옥수수를 따다 쪄 주고 토마토를 갈아 주스 만들어 먹이는 등 정성을 다 해도 아이는 성이 차지 않는가 보다. 세상이 변하고 먹거리 놀거리가 변했는데 반가울 리 없다. 아이가 여러 명이라면 서로 경쟁하듯 먹겠지만 혼자라서 욕심낼 일도 없고 다툴 일도 없다. 결국, 한나절 만에 제 어미에게 전화하더니 점심과 저녁, 두 끼만 먹고 갔다. 제 아빠가 데리러 왔을 때는 미련이 있는지 할머니와 그냥 있겠다고 하더니 아쉬움만 남기고 따라간다.

허전하고 속상한 마음을 하소연하려고 지인에게 전화를 했다. 그녀는 방학만 되면 죽을 지경이라고 한다. 손주들이 와서 일주일을 지내다 돌아가면 여름이 다 간 것 같다고 한다. 더우면 냉방기 켜고 먹거리는 마트에 가면 지천이다. 저희끼리 잘 놀아도 먹이고 빨래해 입히자면 내 손주들이라도 힘들다면서 오히려 하소연이다. 힘들어도, 하고 싶어도 하지 못하는 나는 아무나 할 수 있는 일이 아니니 복 터지는 투정이라고 했다.

옹기종기한 마을의 고샅길을 지나면 갓 쪄낸 옥수수 냄새가 먼저 풍겨왔었다. 외가는 식구가 많았다. 외할머니와 외삼촌 내외, 다섯 명의 사촌과 막내 이모가 함께 살았다. 안방에는 할머니와 이모, 사촌들이 함께 자고 윗방은 외삼촌 내외가 썼다. 옹색한 살림살이라 오는 것도 별로 반갑지 않았을 것인데 엄마는 나를 방학만 하면 외가로 보냈다.

처음엔 방학이 끝나는 며칠 앞두고 오기도 했고 고학년이 되면서 동생들이 합세하기도 했다. 지금처럼 입식 주방이 있는 것도 아니다. 끼니때마다 물을 길어오고 불을 지펴서 밥을 해야 한다. 게다가 딱히 갈 곳이 없던 이종사촌들까지 모이다 보니 외갓집의 두레 밥상은 늘 비좁았다. 식구도 많은데 시누이 자식들까지 와서 법석여도 외숙모는 싫은 내색을 하지 않았다. 외삼촌이 부엌에서 고생하는 외숙모에게 미안했던지 가끔 우리에게 눈치를 주곤 했으나 그때는 힘들었을 외숙모의 고충은 생각도 하지 못했다. 잠자리가 좁아서 다리도 제대로 뻗지 못하고, 때마다 반찬이 부실해도 개의치 않았다. 외가 동네에는 또래이거나 한두 살 더 먹은 아이들이 많아서 새로운 친구들과 노는 것도 재미있고 사촌들과 어울리는 게 좋았다. 엄마 같은 이모와 무조건 내 편이 되어주는 외할머니가 계셨기에 내 집보다도 만만한 집으로 여겼다.

오랜 세월이 지난 지금도 외가에 대한 기억은 끊임없이 재생되고 있다. 삶을 정서적으로 안정시켜 주는 따듯한 과거는 고비 사위를 넘나들어야 하는 현재를 이어주는 위대한 다리로 굳건하다.

손녀에게 대물림해도 좋을 추억을 만들어 주고 싶은 건 이룰 수 없는 꿈 같은 일이 되었다. 외가에는 외삼촌도 없고 사촌도 없다. 동네에는 아이도 없다. 주변 환경이 아무런 도움도 되어주지 못하는 건 오롯이 어른의 잘못이 아닌가. 방학을 외가에서 보내며 할머니와 함께 자고 놀고 싶었던 아이에게 미안하다. 때로는 부족하고 불편했던 내 외가에서의 정답던 추억이 더욱 소중하고 그리워지는 요즈음이다.

원초적인 색에 빠지다

겨울 산을 넘는 바람은 성난 파도 소리를 싣고 온다. 너울은 장대해서 수많은 나무의 빈 가지와 몸통까지 흔들어댄다. 깊고 넓은 먼바다의 신음이다.

찬바람을 안고 산을 오르는 것은 바다가 없는 곳에서 파도 소리를 듣기 위함이다. 누구라도 삶이 버거울 때 바다를 그리워하는 것은 바닷물이 자궁 속 양수와 거의 같기 때문이라고 한다. 절실한 위로가 필요하면 잠재의식 속에 남아 있는 따듯했던 엄마의 자궁 속 항수를 느끼고 싶어 바다를 찾아가거나 여의찮아 파도 소리라도 듣고 싶으면 산을 오른다.

산길에는 사람이 별로 없다. 바람 불어 파도 소리만 요란하다. 모자를 썼어도 얼굴이 시리다. 공기는 칼칼하고 하늘은 티 없이 맑다. 풍경은 차갑지만, 정상을 향해 갈수록 편안해지는 것은 파도 소리 때문일까. 어쩌다 만난 중년의 등산객이 수묵화 같은 겨울 풍경에 덧칠하듯 하늘색과 어울리는 빨간 등산복 잠바를 입었다. 강렬한 색에 눈길이 따라간다.

누가 훔쳐 가는 것처럼 세월이 흘러간다. 나이 들어가는 과정은 점진적이지도 순하지도 않다. 우스꽝스러운 모습을 받아들일 준비도 되어 있지 않은데 예고 없이 들이닥친 밭이랑 같은 주름살, 그 위로 세월의 더께가 내려앉아 불안하고 허망하다.

고백하자면 감성도 무뎌지고 욕망조차 소진된 듯 모든 게 시큰둥하다. 삶의 추 하나가 어깨에 얹어질 때면 왜 그리도 외로움은 깊어지는지. 어느 한순간도 느긋하지 못했지만 그렇다고 다 부정적인 건 아니다. 가까운 이의 죽음에 덜컹대던 마음은 초연해져서 가상유언장을 써보는 진지함도 생겼다. 어지간한 일은 그럴 수 있지 하며 긍정적으로 생각하려 노력한다. 그러나 아직 돈과 명예와 열정적인 사랑의 꿈을 잡고 있으니 부질없는 욕심이라 해도 그건 남은 인생을 열심히 살아가야 할 목적이 되고 이루고 싶은 희망이라 말하고 싶다.

산길을 돌아 내려오다가 소박한 집 담장 곁에 멈춰 섰다. 울타리로 서 있는 피라칸타가 꽃보다 화려한 열매를 온몸에 뒤집어쓰고 있다. 나무에 불이 난 것처럼 선명한 붉은 색이다. 삭막한 겨울 풍경을 부드럽게 만드는 잘 익은 열매 위에 동박새가 앉아 사람을 보고도 날아가지를 않는다. 심사가 복잡한 오늘은 다복한 열매도 보기 좋지만, 강렬한 빨간색이 와락 마음에 닿는다.

미처 표현하지 못한 말이 쌓여 있을 때, 울분이 남아있을 때, 사람들은 빨간색에 끌린다고 한다. 인류가 최초로 인지한 색깔이라서인가, 아니면 원초적인 감정을 표현하는 색이라서일까, 빨간 열매를 보는 순간 매사에 솔직하지 못한 속내를 들킨 것처럼 움찔한다.

내 성격은 원래 발랄하고 상냥했다. 어느 날 환경이 바뀌면서 나를 버려야 하니 웃을 일이 사라졌다. 나도 모르게 말문을 닫게 되었고 처음 만나는 사람은 그런 나를 무뚝뚝하다고 했다.

나는 아이들을 키우면서 밝은 모습을 보이지 못하고 살갑게 대하지 못했다. 속으로는 미안하고 안타까웠지만 어색해서 아예 시도도 하지 않았다. 서툰 표현이 습관처럼 남아 가까운 이에게 하고 싶은 말이 용암처럼 끓어올라도 차마 하지 못하고 참을 때가 많았다. 속으로 삭여야 하는 그리움, 간절한 마음으로 감동을 주는 좋은 글 한 편 쓰지 못해 울분이 쌓이기도 했고, 남을 배려하는 마음이 나를 배려하는 것인데도 그것마저 하지 못했다. 여기저기 기웃거리며 나름대로 열심히 살았던 날들이라 자위하는 어리석음은 어찌할까.

내 안을 채웠던 어둠을 밝히려 색을 바꾸고 있다. 그간 고집하던 검은색을 밀어 놓고 빨간색에 빠져들고 있다. 작년에 용기 내어 장만한 빨간 구두가 아직 신을 만한데 올해 빨간색 구두를 또 사고 단화도 샀다. 딸이 만들어 준 가방도 빨간색이고 윗도리도 빨간색이다. 옷장 안에서 영역을 넓혀가는 원초적인 색에 빠져들다 보면 회귀하는 연어처럼 무거움을 내려놓고 예전의 밝고 긍정적이었던 나로 돌아갈 수 있을까.

피라칸타는 순백의 소박한 꽃을 피웠으나 열매는 화려하게 익어 텅 빈 겨울날 더욱 빛나고 있다. 겸손하게 내면을 가꿔 옹골찬 열매로 남으라는 뜻일 터다. 무심하게 스쳐 지났던 나무에서 인생을 배우고 위로받는다.

성난 파도 소리가 잦아든다.

유년의 뜰

타임머신을 탄 것도 아니다. 그렇다고 최면을 건 것도 아니다. 현재의 삶을 그대로 두고 아득히 멀어진 시절로 되돌아가는 길은 마음만 먹으면 의외로 쉬운 일이었다.

'여행 가자'는 말이 나왔을 때만 해도 과연 실현될 수 있을까 싶었다. 각자의 배우자를 두고 우리만 떠난다면 속마음을 털어 놓을 수 있고 행동에 제약받을 일 없으니 훨씬 자유로울 것이라는 생각에 설레었다. 사람 많은 관광지보다는 한적한 숲을 찾아 많이 걷고 맛집을 찾거나 바다가 보이는 카페에 앉아 수다를 떨자는 것에 목적을 뒀다.

다섯 남매 중 셋째만 사정상 참여하지 못하고 2박3일의 일정으로 제주도로 떠나는 날, 서울에 거주하는 여동생은 김포공항에서 비슷한 시간에 출발하고 남동생 둘과 나는 청주공항에서 출발했다.

목적지에 도착하자마자 우리는 약속이나 한 것처럼 아득하게 멀어진 유년을 향해 달렸다. 완벽하게 남아 있지 않아도 좋았다. 태어나 자라면서 함께 뒹굴고 때로는 싸움도 마다하지 않던 피붙이들이다. 타인의 눈길도 아랑곳하지 않고 생의 유토피아였던 유년의 뜰에 모여 왁자하다. 앞만 보고 지나온 세월도 잊고 동심으로 돌아가 아무것도 아닌 일에 해맑게 웃는 일이 이처럼 행복한 줄 몰랐다. 주고받는 말속에 가시가 없으니 목소리가 맑고 청아하다. 이렇게 편안하고 너그러워지는 게 얼마 만인가.

과거의 아름다웠던 기억을 떠올리는 향수는 마음은 물론이고 몸도 따듯하게 한다. 성년이 되어 서로 다른 길을 가면서 누군가 어려움을 겪어도 배우자의 눈치를 보며 선뜻 대신해 줄 수 없어 마음만 아프던 날들이 목을 타고 울컥 올라온다. 나는 고달픈 동생들의 삶이 안쓰럽고 너희는 누이의 삶이 눈물겨웠으리라.

제주도에 도착한 첫날은 야외 카페에 앉아 햇살에 반짝이는 쪽빛 바다를 보며 한나절을 수다로 보냈다. 오롯이 우리만 있는 것이 그냥 좋았다. 그러고도 늦은 밤까지 어릴 적 얘기와 어렵게 공부하던 시절에 머물러 서로를 다독이고 현재의 삶을 위로했다.

제주도는 자주 오는 여행지다. 막내는 '사려니숲'이 좋다고 했다. 나는 '붉은오름'을 오르고 싶다 하고 둘째는 억새를 보러 '산굼부리'도 가자고 했다. 다음날 우리는 막내가 좋다는 곳으로 갔다. 서늘한 바람에 갈꽃이 하들하들 깃털처럼 나부끼는 사려니숲길에서는 느린 걸음으로 서로에게 극진했다. 붉은오름은 힘들다고 투덜대면서도 웃느라 시간 가는 줄 모르고 산굼부리의 억새를 보면서는 천진난만한 개구쟁이처럼 뛰어놀았다. 여동생은 함께하는 2박 3일의 여정을 사진에 담느라 잠시도 쉴 틈이 없다. 첫날부터 무조건 웃어야 찍어준다는 강제적 요구에 자연스럽게 길드는데 남은 하루가 몹시 아쉽기만 했다.

떠나오는 날 새벽, 홀연히 잠에서 깼다. 저녁이 되면 각자의 둥지로 돌아가 기다리는 가족과 함께해야 한다. 우리가 부모님 밑에서 어린 시절을 함께했던 날들은 이미 지나갔다. 각자 삶의 길을 따라 여기까지 온 것이 당연한 일인데 가슴이 뻐근해지고 서글픔이 밀려온다. 내 마음처럼 동생들도 그럴까.

비행기를 타기 전에 근처의 시장엘 들렀다. 서로에게 제주도의 특산물을 잔뜩 사서 안겨주면서도 더 사주지 못해서 안달이다. 이젠 어려움 없이 잘 살아주기를 바라는 애틋함과 아쉬운 마음으로 여동생을 김포공항으로 떠나보내고 우리도 청주로 돌아왔다. 도착시간에 맞춰 큰올케가 제 남편을 태워 가고 뒤따라 막내올케가 막냇동생을 태우고 가는 것을 물끄러미 바라보다 주차장으로 향했다. 가정으로 돌아가면 동기간보다 먼저 제 식구 챙기며 살아야 한다.

유년의 뜰에서 돌아온 현실이 왜 그리 섭섭하고 안타까울까. 가로등 불빛 아래 꿈을 꾼 듯 사흘간 머물렀던 유년의 뜰이 신기루처럼 사라져 간다.

이발사의 다리

합스부르크 가문은 권력을 지키기 위해 근친상간했다. 세월이 지나면서 부작용은 컸다. 유전질환으로 정신병을 앓거나 그들의 초상화를 보면 매부리코거나 주걱턱으로 하나 같이 기형이어서 보기가 불편하다.

1608년 신성로마제국의 합스부르크 황제는 정신상태가 불안정한 서자 루돌프 2세를 요양차 프라하 근교 체스키크룸로프로 보냈다. 그는 이곳에서 라트란 거리의 이발사 딸에게 첫눈에 반해 결혼했다. 정신병자였던 루돌프 2세는 그토록 사랑했던 아내를 살해한 것조차 잊고 살인자를 찾겠다며 죄 없는 마을 주민들을 처형하기 시작했다. 사위에게 딸을 잃은 슬픔 속에서도 더 이상 주민들의 희생을 볼 수 없었던 이발사는 자신이 딸을 죽였다고 거짓으로 자백했다. 아내를 죽인 살인자로 장인마저 처형해 왕가와 평민의 사랑은 비운으로 끝났다. 권력을 가진 정신병자로 인해 죄 없이 목숨을 잃어야 하는 주민들의 공포와 불안은 상상을 초월했을 터다.

체스키크룸로프성을 올라가자면 볼타바 강 위에 세워진 이발사의 다리를 건너야 한다. 이발사의 희생을 기리기 위한 목조다리다. 쓰린 역사를 간직한 채 마차가 다니던 다리 위로 지금은 자동차가 지나고 관광객들의 발길도 끊이지 않는다. 흐르는 강을 따라 아름다운 건축물이 즐비한 경이로운 풍경은 누구라도 마음을 빼앗긴다. 그런데 나는 사람들 틈에서 한 남자가 이불을 두르고 서 있는 모습이 선명하게 보여 불안해진다.

호롱불마저 꺼진 시골 마을의 밤은 적요하다. 별빛은 초가지붕 위로 마냥 쏟아지고 고샅길마저 한낮의 이야기를 베고 깊이 잠들어 있는 시간, 대문을 두드리는 소리가 식구들을 깨웠다. 그럴 때마다 어린 나는 공포감으로 숨소리보다 심장 뛰는 소리가 더 커지곤 했다.

깊은 밤이면 그 아저씨는 이불을 둘러쓰고 대문 앞에 서서 줄기차게 할머니를 깨웠다. 빈번한 일이라서 잠이 깨어도 누구도 나가지 않는다. 담배 소매점을 하셨던 할머니가 참다못해 대문을 열어젖히고 큰 소리를 내도 쉽사리 자리를 뜨지 않고 외상 담배를 달라고 졸랐다. 갇힌 방에서 담배를 피우다 몇 번이나 큰불이 날 뻔해서 할머니는 완강하게 거절하셨다. 아버지의 동갑내기 친구이기도 한 그분은 낮에는 얌전하게 방에 갇혀 있다가 밤만 되면 노련한 기술자처럼 잠긴 문을 열고 나왔다. 사람들은 미쳐서 밤중에만 돌아다니는 그가 무서워 밤 외출을 삼가했다.

그 아저씨는 대학을 졸업한 인텔리였고 고래등 같은 기와집에서 사는 부자였다. 일 년에 몇 번씩 하는 굿도 아무 소용이 없었는지 그의 작은아들도 정신병자가 되었다. 태어날 때부터 장애인인 큰아들과 정신이 온전하지 못한 남편과 작은아들을 건사하느라 부인인 아줌마의 눈은 늘 충혈되어 있었고 싸울 준비가 되어 있는 사람처럼 공격적이었다. 근처의 친척마저도 그들과 가까이하려 하지 않았다. 누구는 조상 묘를 잘못 써서 그렇다고 했고, 누구는 집터가 나빠서라고도 했다. 아줌마는 온전하지 못한 부자를 집에 둘 수 없자 정신병원에 입원시키고 큰아들과 함께 동네를 떠났다.

소문만 무성했던 기와집은 사라지고 자손도 없이 가족들은 모두 고인이 되었다. 돌이켜보면 온몸에 가시를 세우고 병든 가족을 지키려 했던 아줌마의 정신력은 타의 추종을 불허할 정도로 안타깝고 처연하다.

살다 보면 미치지 않고는 살아갈 수 없을 정도로 힘든 날들을 겪는다. 어릴 적 받았던 학대로 성인이 되면서 정신질환을 앓는 이도 있고 날벼락을 맞은 것처럼 생때같은 자식을 잃은 부모는 죽은 목숨과도 같다. 사기를 당하거나 사업 실패로 온 가족이 빈 몸으로 거리로 쫓겨날 수도 있고 소중한 사람과의 관계가 깨어졌을 때의 상실감으로 허방에 빠져 방황하기도 한다. 그럼에도 삶의 끈을 잡고 다시 일어서야 하는 게 삶에 대한 예의가 아닐까.

권력 있는 정신질환자인 루돌프 2세는 아무런 죄의식 없이 많은 사람의 목숨을 앗았다. 아버지의 친구였던 아저씨는 가족의 삶을 가시밭으로 몰아넣었다. 얼마나 슬픈 일인가. 요즘처럼 무서운 세상에 생을 보전하려면 정신 줄을 단단히 잡아야 할 일이다.

이발사의 다리 위에는 오가는 관광객들이 기념사진을 찍느라 바쁘다. 무심한 볼타바 강의 푸른 물결이 햇살에 반짝이며 굽이친다.

Chapter 4

감자

밭고랑마다 가득한 감자는
자식들과 사돈에게 넉넉하게 주고 남는 건
큰 자루마다 가득 담았다.
마치 주문을 받은 것처럼 자전거에 싣고
이 동네 저 동네 경로당에 가져다줬다.
지나던 사람이 탐스러운 감자를 보고 팔라고 하면
금방 캔 것이라 분 나고 맛이 좋을 거라며
상자째 그냥 주기도 했다.
노동의 대가를 바라지 않았다.
감성적인 아버지는 넉넉한 살림이 아님에도
현실을 고민하지 않았다.
–본문 중에서

청어

발걸음을 멈추었다. 얼마 만인가. 불빛에 반짝이는 청어의 등살이 단단하다. 생을 보존시켜주던 날카로운 가시를 살 속에 감추고 옆으로 누운 몸가짐이 조신하다.

한때는 몸값 비싼 어느 여인과 비교되는 영광을 누린 주걱턱이다. 돌출된 아래턱을 바라보고 있으면 우스꽝스러워 가시가 많아 주의해야 할 생선이란 걸 잊고 만만하게 여기게 된다. 담홍색에 다소 푸른빛을 띠고 있는 몸빛은 싱싱해 보이고 무엇보다 둥근 비늘이 잘 벗겨져 손질하기 좋다.

날씨가 추워야 어물전 좌판에 올라오는 청어다. 어획량이 줄어 시장보다는 대형상점 어물전에서나 만날 수 있는 귀한 몸이 되었다. 고등어나 꽁치보다 지방이 많아 감칠맛이 좋다. 눈에 띄면 망설이지 않고 산다. 어종으로 분류되는 것들의 숨겨진 가시가 밥상 앞에서 나를 긴장시키지만, 청어는 더욱 신경 쓰이는 어종이다. 세심하게 살을 분리해도 작은 가시가 목에 걸리면 고통으로 인해 밥 먹는 일을 중단해야 한다. 스스로 빠지거나 빼내지 않으면 평범한 일상마저 흔들린다.

값싸고 맛있어 서울의 가난한 선비들이 잘 먹는 고기라 하여 명물기략名物機略에 비유어肥儒漁로 표기했다는 청어에 굵은 소금을 발라 구웠다. 기름을 바르지 않아도 노란 기름이 배어 나와 코끝에 맴도는 냄새가 식욕을 당긴다.

약속이라도 한 듯 밥상 앞에 앉은 식구들의 눈이 내게로 향한다. 접시 위에 놓인 몸을 해체했다. 커다란 알이 들어 있다. 알밴 청어는 이름을 바꿔 구구대라 불러야 한다. 척추를 드러내면 잔뼈가 그대로 남는다. 균형 잡힌 뼈의 무늬가 촘촘하다. 느긋한 사람이면 잔뼈를 꼭꼭 씹어 먹겠지만 대부분 그러질 못하니 일일이 가시를 발라내야 한다. 성가

신 작업이지만 험난한 세상사에 상처받는 일도 많을 터, 집안에서까지 생선 가시에 목을 내주게 할 수는 없지 않은가.

일을 마치고 돌아온 식구들이 함께 밥을 먹을 때, 직장에서 또는 사업장에서 있었던 일을 털어놓는다. 하루도 순탄하게 지나가는 날이 없는 것 같다. 제 몸의 가시를 세워 상대를 곤란하게 만들었다는 소리를 들으면 대화가 건조해지기 시작하고 상처가 나서 들어오면 감춰져 있던 내 안의 가시가 슬그머니 일어선다. 세상은 청어의 몸속 가시보다 많은 가시밭길이다. 험한 길을 가자면 만만하게 보이면 우습게 본다. 그래선지 사람도 저마다의 가시를 세우지 않던가.

가시를 좋아하는 사람은 없을 것이다. 아무리 작은 가시라도 손끝에 박히면 온몸의 신경줄이 곤두선다. 생선 가시를 발라내면서 피해 가는 방법을 터득하지만 작정하고 가시를 세우는 사람은 피하고 싶다고 피해지는 게 아니다. 내게도 여러 개의 가시는 있으나 숨기고 잘 보여주지 않는다. 하지만 말의 가시를 시도 때도 없이 쏘는 사람을 만나면 고슴도치처럼 온몸의 가시를 보란 듯이 세우고 경계한다. 살기 어렵다고 억세진 가시를 저리 세우는구나, 하다가도 자꾸만 말의 가시가 독고마리로 달라붙어 상처가 되는 걸 어쩌지 못한다. 그럴 때마다 상대와 똑같이 하지 말아야지 하면서 마음결을 눕히려 노력하지만 쉽지만은 않다. 그냥 넘어가도 될 일에 예민하게 반응하고 화살처럼 말의 가시를 날렸던 일이 한두 번인가.

청어가 놓인 접시가 비어간다. 저렇게 많은 가시를 속에 넣고 청어의 등살은 단단해졌나 보다.

감자

아버지의 등은 땀으로 젖어 있었다. 씨알 굵은 감자는 뜨거운 햇볕 아래 반짝이고 바람은 사분하게 불었다. 배고픔을 해결해 주는 구황작물이 필요한 것도 아니다. 힘들 게 많이 심어 수확하는 심중을 알지 못하는 우매한 자식은 아버지의 노동이 안타까웠다.

밭고랑마다 가득한 감자는 자식들과 사돈에게 넉넉하게 주고 남는 건 큰 자루마다 가득 담았다. 마치 주문을 받은 것처럼 자전거에 싣고 이 동네 저 동네 경로당에 가져다줬다. 지나던 사람이 탐스러운 감자를 보고 팔라고 하면 금방 캔 것이라 분 나고 맛이 좋을 거라며 상자째 그냥 주기도 했다. 노동의 대가를 바라지 않았다. 감성적인 아버지는 넉넉한 살림이 아님에도 현실을 고민하지 않았다.

다른 자식보다 곱은 더 챙겨주셨던 감자는 부드럽고 달콤하면서 분이 많이 났다. 지하창고에 작은 산으로 쌓여 내 집을 방문하는 지인들에게 조금씩 담아줘도 일 년 동안의 간식과 만만한 반찬거리로 제 역할을 충분히 했다. 워낙 감자를 좋아하다 보니 어쩌다 햇감자가 나오기 전에 바닥을 드러낼 때도 있었다. 아쉬운 대로 시장에서 사다 먹지만 아버지의 감자 맛은 어디에서도 찾을 수 없었다.

루이 16세와 마리 앙투아네트는 루이 15세가 군대를 사열했던 땅에 감자를 재배하면서 화려하게 착검한 경비병들에게 감자밭을 지키게 했다고 한다. 돼지 먹이로밖에 쓰지 않던 감자를 심은 것뿐인데 많은 사람이 구경하려고 몰려오면서 감자는 기아를 해결할 수 있는 구원의 식량으로 더 이상의 홍보가 필요하지 않게 되는 계기가 되었다고 한다. 대지의 사과로 격상된 감자가 유독 유럽에서 감자 없는 식사는 상상하기 어렵다는 걸 그들의 식탁을 보면서 알았다.

아무리 귀한 손님이 방문해도 식탁은 소박했다. 찐 감자와 야채 소스를 얹은 스테이크 한 조각, 그리고 한 잔의 술과 차가 전부였다. 커다란 냄비에 가득 쪄서 식탁에 올려진 감자 맛은 상상을 초월했다. 아버지가 농사지으신 가장 맛있다는 수미감자보다 부드럽고 분이 나서 스테이크는 슬쩍 밀어 놓고 아이 주먹만 한 감자를 대여섯 개씩 먹었다. 밥 생각이 전혀 나지 않았다. 앞 접시에 쌓여가는 껍질을 보며 감자 냄비를 밀어줄 때마다 민망해도 멈출 수가 없었다. 유럽에 머무는 동안 초대받았던 집을 생각하면 먼저 감자가 떠오르고 그 감자가 먹고 싶어 다시 가고 싶다.

작은 텃밭에서 하지를 넘기고도 캐지 못했던 감자를 장마 오기 전에 수확한다고 넝쿨을 걷었다. 척박한 땅에서도 잘 자란다는 작물인데 씨를 넣고 싹이 트면서부터 싹수가 노랬다. 물도 자주 주고 비료를 줘도 넝쿨은 비루먹은 개처럼 비실거렸고 감자꽃은 구경하지도 못했다. 처음이라 기대는 하지 않았으나 실망이 컸다. 수확한 감자는 작은 종이 상자의 밑바닥을 겨우 가렸다. 동글동글하고 잘생긴 것은 손가락을 꼽을 정도다. 대부분 길고 콩알만 하고 못생겼다. 애당초 나눠 먹을 생각은 하지도 않았다. 씨도 건지지 못한 감자를 여윈 시선으로 바라본다. 이것도 농사라고 지었나, 헛웃음이 나서 애꿎은 밭 두둑만 호미로 툭툭 치고 있다.

감자 캐는 풍경은 얼마나 정겨웠던가. 나에게 감자는 넉넉함이고 나눔이었다. 어떻게 하면 감자 농사를 잘 지을 수 있는지 아버지가 이곳에 계시지 않으니 알아볼 수도 없다. 정물화처럼 남아있는 아버지의 감자밭이 뜨거운 햇볕 너머 신기루처럼 일렁인다.

국이 식지 않을 거리

자기주장이 강해졌다. 남의 말을 들으려 하지 않는다. 몇 년 전부터 더욱 심해져 주위 사람들이 불편해한다. 억지소리를 할 때마다 의도적으로 거리를 두기 시작했다. 부모 자식 사이라도 멀어지면 서먹해지나 보다. 다정하게 지냈던 안사돈께서 소천하셔서 마지막 인사라도 나누게 하고 싶은데 모시러 가는 일조차 망설이게 했던 거리감으로 생목을 오르게 했던 분, 그런 친정엄마를 오랜만에 만났다.

염색하지 않은 머리가 백발이다. 혼자서는 제대로 걷지도 못하시는 모습에 울컥한다. 환희와 보람의 절정에 섰을 때보다는 부족해서 힘들고 절망적이면 당연하다는 듯 수시로 드나들던 친정집이고 의지하던 엄마였다. 내가 늦은 나이에 한 세대로 독립해 두 아이를 낳고 그 아이들이 성년이 되었어도 끊임없이 보살피고 애를 태우며 혹여 잘못될까, 밤잠을 이루지 못하던 날이 많았던 걸 안다. 알면서도 자식의 이기심은 변한 모습이 낯설어 자꾸 외면하게 된다.

가까이 사는 내 딸도 수시로 집을 오간다. 한 가정을 이끌어 가는 게 어디 쉬운 일인가. 무언가 마음 상하는 일이 있거나 엄마가 해주는 밥이 먹고 싶으면 찾아온다. 이것저것 좋아하는 음식을 만드느라 몸은 고달파도 올 때마다 반갑고 안쓰러운 건 어쩔 수 없다. 지금은 상노인이 되어 단순해진 생각으로 당신밖에 모르는 야속한 친정엄마처럼 결혼한 자식이라도 부모의 책임감은 늘 가슴속에 똬리를 틀고 있다. 내 딸이 살아가면서 넘을 수 없는 벽을 만나 주저앉거나 길을 잃어도 언제나 돌아올 수 있는 길을 터놓고 당연하게 여긴다. 어쩌다 힘들었던 일을 털어놓으면 부정적인 이야기라도 공감 능력을 발휘하기도 한다. 자식이니 가능한 일이지만 세월이 흐른 후, 내 생각과 모습이 달라진다면 지금처럼 가까운 거리가 변함없을 거라고 장담할 수 없는 일이다.

딸하고는 국이 식지 않을 거리에 사는 게 좋다고 한다. 같은 여자의 길을 가야 하는 애틋함이리라. 하지만 모든 문제는 서로가 나이 들어 거리 조절에 실패했을 때 생긴다. 친정엄마는 초기치매 증상으로 사고가 예전과 달라졌어도 딸과의 거리는 변함없다고 생각하신다. 만만해서 하고 싶은 말을 다 퍼붓지만, 나는 감당할 수 있는 한계를 넘어서면서 거리를 두기 시작했다. 얼마나 섭섭하셨을까. 멀어진 거리감에 버림받은 것처럼 상처받으셨을 것이다. 나 여기 그대로 있으니 가까이 오라고 억지소리를 하고 자식 속을 뒤집어 놓았을 터이다. 나도 딸이 너무 자주오면 정신없이 휘둘려 고단하고 오지 않으면 벌써 소외되는 것 같아 쓸쓸하고 불안해지는데 성치 않은 노구로 문밖출입도 어려운 엄마의 마음은 오죽 불안했을까.

누구에게나 공평한 게 늙음이다. 모든 존재는 피해 갈 수도 없다. 겪게 되는 과정도 비슷하다. 딸과의 거리도, 주변 사람들과의 거리도 멀어지지 않으려면 무엇보다 건강해야 하는데 죽음 앞까지 온전한 몸과 정신을 유지하기란 얼마나 어려운 일인가.

가까이 있어도 마음이 멀리 있는 사람이 있고 물리적인 거리가 멀어도 늘 곁에 있는 것처럼 가까운 사람도 있다. 책임을 져야 하는 거리도 있고 손해를 보게 되는 거리도 있다. 버리거나 버림을 당하는 거리도 있다. 모든 관계가 국이 식지 않을 거리에서 이루어진다면 살아가는 재미가 더할까.

야윈 엄마 손을 잡고 장례식장으로 들어섰다. 환하게 웃고 있는 안사돈의 영정사진을 바라보는 눈빛이 처연하게 흔들리신다. 사돈이면서 자매처럼 지냈던 분을 떠나보내면서 남겨진 외로움에 저리도 서러워하는데 엄마와의 멀어진 거리가 가까워지지 않으면 어찌하나 덜컥 겁이 난다.

꽃보다 꽃게

봄이 익을수록 무장무장 짙어가는 꽃 색이 화려하다. 나무들은 푸른 기운을 세워 바람을 타고, 높이 나는 새도 폐곡선을 그리며 즐거워한다. 도저히 인간이 그릴 수 없는 무늬, 경이로운 풍경이 지천이다.

이즈음이면 나는 특별한 것으로 꽃을 피운다. 단단한 갑옷을 입고 뜨거움에 겨우면 온몸에 열꽃을 피우는 바다의 봄꽃, 바닷속 모랫바닥에서 몸을 키워 봄의 전령사처럼 오는 암꽃게다. 큰아이는 탕을 좋아하고 작은아이는 매콤하게 무친 양념게장을 좋아해서 오늘은 작정하고 비린내를 풍기며 꽃게를 잡고 있다.

가을에는 수게가 실하고 봄이면 붉은 알이 꽉 찬 암게가 무엇을 해도 맛있다. 꽃을 보려면 양념게장보다는 간장게장을 해야 붉은색의 선명한 알이 꽃으로 피어나 보기 좋다. 된장과 매운 고추만 넣어 탕을 끓여도 맛있고 찜통 속에 넣어 찌면 어떤 꽃보다 색이 곱다. 시각과 입맛을 충족시켜 주는 꽃게를 제대로 먹으려면 체면 불고하고 두 손을 다 써야 한다는 것이 번잡스럽기는 해도 마다하지 않는다.

오래전 봄날이었다. 주변에 꽃이 지천으로 피어나자, 모든 이들은 감탄하고 즐거워하는데 혼자만 울적했다. 무작정 떠나고 싶었다. 얼마 전 문우와 보고 왔던 동백꽃이 눈에 선하고 파도가 밀리는 모래사장에 발자국을 남기며 걷던 일도 그리웠다. 무엇보다 춘장대 바닷가 음식점에서 두 손과 입 주변을 벌겋게 물들여가며 맛나게 먹었던 꽃게 매운탕이 눈에 선했다.

떠나고 싶을 때 동행할 사람이 곁에 있으면 행복하다. 마량에 가고 싶다는 말에 선뜻 운전대를 잡아주는 지인이 얼마나 든든한지 이동하는 내내 지루할 틈이 없었다. 스치는 풍경마다 경이로웠다. 며칠 사이에 동백섬의 동백은 아쉽게도 툭툭 떨어진 채 꽃송이만 발밑에서 처연했다. 그래도 다행인 건 그날처럼 해변을 걷고 매운탕을 먹을 수 있다는 거였다.

늦은 점심상을 마주하고 앉았다. 냄비 가득 꽃으로 담겨 있는 암꽃게가 식욕을 돋우었다. 그날따라 게걸스럽게 먹는 나를 바라보던 지인의 말이 지금도 잊히지 않는다. "어려운 사람이나 남녀가 같이 오면 꽃게탕은 먹으면 안 되겠다." 디지털 시대에 아날로그 감성인가. 그는 우스갯소리로 대화를 이어가려 한 말일 터인데 그 순간 왜 그리도 무안했을까. 내 식탐이 도를 넘었나. 그것도 잠시였다. 맛있는 꽃게 매운탕 앞에서 칠칠치 못한 여자로 보였다고 수저를 내려놓을 내가 아니다. 붉은 국물 속에 있는 꽃게를 꺼내 두 손에 쥐고 살을 발라 먹는 일을 주저하지 않았다.

50여 년 전에는 윗사람과 식사할 기회가 있어도, 또는 맞선을 보거나 사귀기 시작한 연인들은 하나 같이 짜장면은 먹지 말아야 한다고 했다. 짜장이 입에 묻으면 혹여 단정하지 못하다는 말을 들을까 봐서 귀하고 맛있는 음식을 마다하고 내숭을 떨어야 했다. 작금의 시대에 이런 말을 젊은이들에게 하면 헛웃음을 웃을 터지만 나는 꽃피던 시절에 좋아하는 사람을 만나지 못해선지 안타깝게도 그렇게 낭만적인 내숭을 떨어보지 못했다. 그래서일까, 지금도 좋아하는 음식 앞에서는 늘 당당함을 넘어 뻔뻔하다.

봄철, 입맛을 돋울 꽃게를 사다 보면 동백꽃이 따라오고 춘장대 파도 소리가 함께 온다. 나보다 더 꽃게를 좋아하는 문우의 행복한 웃음소리가 붉은 동백꽃으로 피어나고 아날로그 감성으로 우울했던 마음을 환하게 비춰주던 지인의 순박한 미소가 그리워진다.

바닷가를 거닐 때는 푸른 꿈에 젖은 소녀의 마음이었다가, 꽃게 매운탕 앞에서는 내숭을 떨지 못해 칠칠치 못한 노인 취급을 받아도 봄이 오면 꽃보다 꽃게가 좋다.

오빠는 잘 있단다

산속의 우리 집을 찾아온 그녀가 차를 주차하고 텃밭을 둘러본다. 사람보다 작물이 궁금한가 보다. 밭고랑까지 들어가 살펴보더니 차 트렁크를 열고 여러 개의 보따리를 꺼낸다. 마음이 급한지 안부도 생략한다. 지붕 끝에서 전깃줄로 날아다니는 제비들만 낯선 손님에게 인사를 건네느라 분주하다.

풀어놓는 보따리 속에는 상치와 아욱, 풋고추, 가지, 호박, 수박, 자두가 있고 뿌리째 뽑아온 대파는 비료 포대에 한가득 들어있다. 아침에 삶았다는 옥수수가 식으면 맛이 덜하다며 얼른 먹으라고 성화를 대는 그녀는 연신 오빠가 농사지어 준 거라고 강조한다. 우리 집에서도 텃밭에서 각종 채소를 심어 수확한다는 걸 알면서도 무더운 날, 타도에서 청주 변두리까지 가져온 것이다.

그녀는 농사를 짓지 않는다. 일 년 전쯤 한갓진 곳에 지어진 아파트로 이사한 후로는 올 때마다 푸성귀를 가져다준다. 오빠가 아파트 주변에서 농사를 짓는데 마음대로 가져다 먹으란다고 신이 났다. 수박을 썰면서도 오빠가 준 것, 자두를 꺼내면서도 오빠, 오빠가 애호박을 열 개도 넘게 따줬다고 해맑은 표정으로 또 오빠 한다. 오빠라는 단어가 입에 착착 붙는다. 나이 들어도 오빠가 뒤에 딱 버티고 있으면서 챙겨주면 얼마나 든든할까. 나도 오빠가 있었으면 좋겠다는 생각에 친오빠가 농사를 많이 짓느냐고 물었다. 위층에 사는 오빠라며 이사 와서 알게 되었다고 망설임 없이 대답하는 목소리가 경쾌하다.

그녀는 밝고 순수한 여인이다. 이웃집 남자를 '오빠'라고 부른다고 묘한 관계가 아닌가 하고 의심할 필요가 없을 정도로 솔직한 성격이고 부부 금실도 좋다. 그런데도 순간 혹시, 하는 생각도 들었으나 이순 고개에서 저렇게 스스럼없이 자랑할 오빠가 생겼다는 게 부러우면서도 자꾸 웃음이 나왔다.

나는 오빠란 말이 낯설다. 맏딸이어서 누나, 언니라고만 불렸다. 집안에서 유일하게 오빠라고 부를 수 있는 사람이 한 살 위인 외사촌 오빠여서 초등학교 시절 외가에 가면 좋아라 따라다녔다. 친구들과 냇가로 고기를 잡으러 갈 때도 데리고 다니고 손을 잡아주며 오빠 노릇을 했는데 나는 어색하기만 해서 오빠라고 부르질 못했다. 철이 들고 덩치가 커지면서 자연스레 오빠라 불렀지만 잠깐이었다. 서로 왕래가 없으니 지금은 소식을 모른다. 가끔 통화를 시도해 보나, 연결이 되지 않아 삶이 고단한가, 짐작만 한다. 아쉽게도 오빠와의 짧은 추억만 동화처럼 남아 있다.

얼마 전, 오 남매의 맏이인 나와 넷째인 여동생이 어릴 적 얘기를 나눈 적이 있었다. 나와 달리 여동생은 예쁘고 공부도 잘했다. 늘 귀여움만 받고 자랐다고 생각했었는데 의외의 반응이다. 오빠가 많이 괴롭혔다고 한다. 스트레스

해소용 샌드백으로 여겼는지 엄마가 안 계시면 밥상 차려 줘야 하고 여동생이 고등학생 신분임에도 담배 심부름을 가지 않으면 난리가 났었다며 고개를 젓는다. 나는 전혀 알지 못했던 일이었다. 여동생이 결혼하던 날, 집을 떠나 남의 식구가 된다니까 보호본능이 생겼는지 눈물을 제일 많이 흘린 것이 그 남동생이었다. 오누이 사이는 서로 화목하고 정겨운 사이여야 하는데 오빠란 존재에게 부당한 대우를 받았던 여동생은 껄끄러운 감정이 남아 있고, 아직도 막연한 환상에서 깨어나지 못하고 있는 나는 그녀의 오빠 타령이 부럽다.

수십 년 전만 해도 친족 외의 남자에게 오빠라고 부르는 여자가 드물었다. 어른들의 눈총도 따가워 엄두도 내지 못하던 일이다. 요즘은 동네 오빠를 넘어 오빠가 지천이다. 남편도 오빠, 애인도 오빠다. 가끔은 나이가 한참 어린 연인이나 남편에게도 오빠라고 부르는 걸 들으면 내 몸이 오그라든다.

남자가 원하는 경우도 많다. 얼마나 듣고 싶었으면 친족

용어인 오빠를 남발하겠는가. '오빠가 말이야. 오빠가 해 줄게, 오빠만 믿어, 오빠한테 말만 해, 다 해결해 줄게' 등등 맘에 드는 여자를 만났을 때 증세는 더욱 심해진다.

어쩌랴. 세월이 변했다. 나만 제자리에 서서 못마땅하다고 한다.

이순의 할머니도 시대의 흐름에 따라 위층의 손위 남자에게 스스럼없이 오빠라고 부르는데 나는 주위를 둘러봐도 용기 있게 오빠 하며 살갑게 부를 사람이 없다. 세상 헛살았다.

늙어서 보자

가끔, 유한한 존재라는 걸 잊고 산다. 그러다 부고 문자를 받거나 가까운 이가 떠나면 세상 속 나의 부재를 생각하게 된다. 내가 없어도 해는 뜨고 세상은 돌아갈 터, 괜스레 허무하고 쓸쓸하고 억울해지는 마음을 어떻게 표현할까.

누구도 영원한 시간 속에 살지 못함에 어린아이가 강제로 엄마 품에서 떨어질 때처럼 몸달고 무섭다. 허드레 인생을 산 것 같아 후회도 밀려온다. 떠날 날을 잡아 놓은 것처럼 부질없이 지나간 날을 반추하고 앞으로 어떻게 살 것인가, 원초적인 질문을 나에게 해봐도 분명한 대답은 나오지 않는다. 생로병사를 어찌 피해 갈 수 있는가.

가족의 밥벌이를 책임지는 가장이 쇠락해져 간다. 덩달아 서울 출입이 잦다. 서울은 추억이 많은 도시지만 화려한 도심으로 들어간다는 설렘은 없다. 많은 세월을 건너 병원이라는 목적지를 두고 다시 가보는 서울은 몹시 복잡하고 낯설고 무겁고 우울하다. 추억을 소환하는 일조차 버겁다.

오래전, 직장 따라 서울에 거주하던 시절이 있었다. 주말이면 친구들과 명동이나 남산을 걷거나 종종 버스를 타고 근교 왕릉으로 나들이를 다녀오기도 했다. 결혼 전이라 가족에 대한 책임이나 부담감이 없으니 친구와 재잘대는 게 즐거워 어딜 가든지 낯설지 않고 정다웠다. 이젠 그 시절은 남아 있지 않다.

올해 들어 가장의 건강이 급격하게 나빠지기 시작했다. 기존의 처방으로는 모든 수치가 하향곡선으로 곤두박질을 쳤다. 한 생명이 노을 진 바다에서 거친 파도를 타는 폐선처럼 위태롭다. 늙지 않고 병들지 않을 것처럼 호기를 부리고 함부로 부리던 몸이다. 누구를 원망할 수도 없는 일이어서 한마디 항거도 못 하고 서두르는 자식 손에 이끌려 담담한

척 검사는 받았어도 의사 앞에 앉아 있는 초라한 뒤 모습에는 고독과 우수가 서려 있다. 그토록 당당하던 모습은 어디로 갔나. 이제야 젊은 날의 허랑방탕했던 세월이 후회되는가. 단단한 옹이로 박힌 미움과 원망이 한 인간을 향한 측은지심으로 변하길 바라는 것처럼 눈치를 보다가도 갑자기 예민해져 발끈하는 걸 보면 걱정하는 가족보다 본인은 더욱 황당하고 참담할 터다.

부부라는 이름으로 긴 세월을 살면서 좋았던 날이 몇 날이 될까. 내 의사가 꺾이고 무시되면 부당한 대우를 받는다 싶어 속으로 칼을 갈았었다. '늙으면 보자' 하고. 이제 주름이 어울리는 나이가 되었다. 산 날보다 떠나야 할 날이 훨씬 가깝다. 이제 와 보니 아픈 사람 앞에서는 젊은 날, 독하게 벼리던 날도 아무 소용이 없다. 억울함이 방을 넓혀가도 나도 모르게 마음의 틈새가 갈라진다. 이런 일을 겪고 나면 그도 수많은 생각으로 쓸쓸해질 터다. 많은 날을 바깥으로 돌았어도 자신을 위한 만만한 취미생활도 없이 가족의 생계라는 무거운 짐은 결코 내려놓은 적 없으니 그도 억울한 마음이 들 것이다.

모진 세월을 살아 낸 사람은 대부분 아내라고 생각했다. 가족을 저만큼 밀어 놓고 남자라는 이유만으로 하고 싶은 대로 살다가 늙고 병들어 세상 떠날 때가 되면 반기는 사람이 없어도 본가로 돌아오는 것을 수없이 봤다. 남편 그늘 없이 자식 공부시켜 출가시키느라 평생 고생한 늙은 아내가 병든 남편을 받아주는 것은 용서가 아니라 한 인간으로서의 측은지심이고 자식의 아버지이기 때문이리라.

가장의 검진 결과는 위험선을 넘지 않았으나 방심해서는 안 될 상황이다. 당사자는 물론 온 식구가 함께 신경 써서 건강을 관리해야 한다. 집으로 돌아오는 길에 침묵을 깨고 넘어진 김에 잠시, 쉬었다 가자고 했다. 가차 없이 내 말을 잘라버린다. 할 일이 많은데 무슨 소리냐고 한다. 다리가 썩어 꼼짝없이 죽어가면서도 손가락으로 킬리만자로의 눈 덮인 봉우리를 가리키는 게 남자라더니 아직도 기죽은 모습은 보이기 싫은 모양이다.

결국 늙어서 보자고 벼르며 높이 들었던 힘찬 깃발은 허무하게 내려졌다. 예상하지 못했던 일이다. 덕분에 몸은 바빠도 마음은 여유로워야 한다는 군자君子의 말이 무색하게 나이 들어 생기 없는 몸도 바쁘고, 마음은 더욱 바쁘게 생겼다.

당신을 차단했습니다

여백의 숲과 들판에 눈이 내린다. 습성의 눈은 세상을 모두 덮으려는 기세다. 흰 눈 사이로 희미하게 보이는 인적없는 들길, 이곳에 주소를 둔 차들은 이미 돌아와 멈추어 섰다. 새소리도 들리지 않고 들고양이들도 조용하다. 적막하고 고요한 풍경, 설국을 표현한 한 장의 그림엽서가 이럴까.

산골에서는 눈이 쌓이면 도시로 나가는 길이 차단되어 무력해진다. 눈을 좋아하는 사람은 순수하다고 하지만 뒷면을 바라보면 걱정이 앞선다. 대책 없이 많은 눈이 내리면 인간은 결국 자연의 한 부분이란 걸 인정하게 되는 순간이기도 하다. 나약해진 마음에 삶의 뒤안길을 돌아보고 그로 인해 외로움이 밀려오고 끝내 깊은 상념에 빠져들고 만다.

12월도 중순을 넘어섰다. 마지막 달이 안겨주는 의미는 실로 각별하다. 무언가 아쉽고 짧게 느껴져 한 해의 마무리에 조급증이 생기고 새로운 길을 걸어야 하는 두려움으로 심란하다. 그동안 삶을 만족스럽고 멋지게 보내기 위해 붙잡고 있었던 것들에 대한 열정은 착각이었을까. 지적 욕구에 대한 열망은 본능이며 나이와 상관없다는 신념마저 퇴색되는 것은 아닌지, 생이란 생은 모두 퇴색되어 바래지는데 깊은 인연이라고 변질하지 않고 오래도록 본래의 색을 간직할 수는 있는 건지, 한해의 끝자락에서 물음표만 무성한데 눈은 수시로 내려 심란한 마음을 더욱 심란하게 한다.

이틀째 바깥출입을 할 수 없어 조급증이 일기 시작하는 날이다. 몸에 이상이 생겨 병원에 다녀온 그 남자가 말을 하지 않는다. 노심초사 눈치만 봤다. 며칠을 보내다 더 이상 참지 못하고 물었다. 걱정할까 봐 말을 하지 않았다고 한다. 이미 마음 졸이며 하고 있던 걱정이 무참해서 감정이 격해졌다. 그에게 나는 차단된 사람이었나. 빙하의 균열 앞에 던져진 기분이 이럴까, 나이가 들면서 분노 조절이 안 되는지 섭섭함을 넘어 화가 났다. 함께한 세월이 얼마인가.

웬만하면 이해하고 넘어갔는데 이번은 달랐다. 눈길도 주고 싶지 않고 말문도 닫고 늘 보는 사람인데 전화도 차단했다. 혼자 북도 치고 장구도 쳤다. 그런데 걱정이 넘쳐난다. 혹여 잘못되면 어찌하나, 아픈 사람인데 너무 예민하게 반응한 것은 아닐까.

딱히 어디랄 것 없이 무겁고 아프기 시작했다. 허드레로 아픈 건 몸이 아픈 것이 아니다. 아련한 마음의 통증이다. 꿈을 향해 나아가지 못할 때, 그리운 곳, 그리운 사람을 만날지 못 할 때 생기는 습관성 병이다. 눈 내리는 들판을 바라보며 방치 해두었던 마음자리를 펼쳐놓고 살펴보기 시작했다.

화낸 상황을 파헤쳐 보니 자신의 욕구와 정면으로 마주하게 된다. 나에게 중요하다고 생각되는 것, 진정으로 원하는 것이 마음대로 되질 않아 분노를 느꼈던 것 같다. 늘 건강할 거라는 믿음이 깨진 것에 대한 황당함, 결코 아픔을 함께 나눌 수 없는 개별적 존재에 대한 분노였을지도 모른다.

속이 없는 것인지 하루가 지나며 화가 잦아들었다. 먼저 물으면 될 걸 속 좁게 탓만 한 것 같아 미안한 마음이 생겼다. 온기가 필요한 계절에 사람마저 차단이라니. 상대방의 걱정을 잠시라도 덜어주려 한 배려를 외면한 나만의 차단은 어이없게 하루 만에 봄눈 녹듯 해제되었다.

눈은 하염없이 내린다. 하얀 세상을 만들어 놓고 바람의 세기에 따라 날리는 함박눈은 낭만적이다. 그러나 눈이 쌓이고 길이 미끄러워지면 단절되는 바깥세상이 누구의 방해도 받지 않아 편안하면서도 불안하고 불편하다. 추위의 강도를 높혀가는 바람 사이, 사람과의 단절은 더 불안하고 쓸쓸하지 않던가.

'당신을 바깥세상과 차단했습니다.' 무언의 말이 눈처럼 펄펄 날린다.

덫

햇빛이 거만하지 않다. 바닥까지 친절하게 내려와 발끝을 비춘다. 가을은 풍요를 부르고 사람은 낭만에 젖는다. 덩달아 살림하는 여인들은 마음이 바빠지는 시기이기도 하다.

가을이면 묵은 정이 보내는 먼 기별처럼 아련하게 만드는 김치가 있다. 칼칼하고 아삭한 식감이 좋아서 해마다 거르지 않는 제철 별미, 실한 고구마 줄기로 담그는 김치다.

텃밭에 고구마를 심었다. 마사 토에 거름도 주지 않아 고구마 수확보다는 가끔 반찬거리라도 얻었으면 했다. 심심풀이로 하다 보니 줄기는 짧고 가늘어 마땅치가 않다. 게다가 잎은 고라니가 다 뜯어 먹어서 한 번도 줄기를 따지 못했다. 아랫집 동숙 씨가 초라한 고구마밭을 바라보더니 필요하면 언제든지 자기네 고구마밭에 가서 줄기를 맘껏 따 가라고 한다. 말이 떨어지기가 바쁘게 저녁나절 커다란 소쿠리를 들고 집을 나섰다.

농사를 본업으로 삼고 있는 동숙 씨네 밭은 우리 밭과 토질부터 다르다. 고구마밭은 무성하게 뻗은 굵고 연한 줄기와 잎이 숲을 이루고 있다. 초입에서부터 줄기를 따기 시작했다. 자리를 옮기지 않아도 소쿠리 채우기가 수월하다. 그런데 웬일인지 몇 발짝 가지 않아 줄기 속 두둑이 휑한 곳이 보이기 시작한다. 고개를 들고 사방을 둘러봤다. 군데군데 두둑이 파헤쳐져 있고 그 자리에는 실뿌리 같은 어린 고구마가 간신히 뿌리에 매달려 버티고 있다. 멧돼지의 소행이다. 사방으로 철망을 쳤어도 땅을 파고들어 오는 걸 막을 수 없었나 보다. 몸이 경직되기 시작한다.

해가 서산마루를 넘어가자 숨어 있던 어둠이 몸을 풀기 시작한다. 울타리 너머는 울창한 숲이다. 가까이서 멧돼지가 나를 노려보는 것 같아 금방이라도 달려들 것 같은 공포가 밀려온다. 얼어붙은 것처럼 발자국을 떼지 못하고 서 있다. 어둠은 짙어지는데 더 이상 밭에 머물 수가 없다. 고랑을 덮은 줄기를 그대로 밟고 빠르게 밭을 벗어났다. 멧돼지가 무서워 도망치는 나약한 인간이다.

집으로 돌아와 반도 채우지 못한 소쿠리를 마당에 던져놓고 집안으로 들어 왔다. 빠르게 뛰는 심장은 쉽사리 진정되질 않는데 외출했다 돌아온 동숙 씨 남편이 놀란 목소리로 전화한다. 농사를 망치는 산 짐승 때문에 몇 군데 보이지 않게 덫을 놓았다고 한다. 하마터면 멧돼지 대신 덫에 걸릴 뻔했다며 아무 일 없어 천만다행이라고 위로하는데 정신이 아득해진다.

삶은 언제나 겪어보지 못했던 일들로 가득한가 보다. 기대되는 것들은 즐겁겠으나 보이지 않는 위험과 공존하는 일은 공포다. 평온한 일상에 도사리고 있는 것들도 방심하면 재앙을 불러온다. 주변에는 직접 보고 느낄 수 없는 서로 다른 이름으로 놓인 덫이 얼마나 많은가. 덫에 걸려 거센 바람 속을 걷고 고통에 흔들리는 이는 남녀노소를 가릴 것 없이 많다.

한때는 스스로 택한 사랑이라는 덫에서 벗어나려 안간힘을 썼었다. 발버둥 칠수록 더욱 조여드는 올가미처럼 숨조차 쉬기 힘든 날들이었다. 사랑은 마음속에 불덩이를 가득 담고 재가 되어가는 일이었다. 짧은 행복 뒤에 번민만이 고통의 수렁으로 깊게 빠지게 해 바늘구멍만큼의 하늘도 볼 수 없었다. 많은 세월이 흐르면서 덫을 운명이라 여기게 되었으나 때로는 가벼워지고 싶어 벗어나고도 싶어진다.

세상의 모든 덫은 사랑과 욕망과 욕심이란 이름으로 놓인다. 자신의 헛된 욕망과 욕심으로 타인 앞에 덫을 놓고 있는 살벌함은 상대를 처절하게 하나 눈먼 사랑의 덫을 찾아 얼마나 많은 이들이 방황하던가. 덫에 걸리면 자신이 서 있는 자리가 어디인지조차 잊고 극진한 희생을 하거나 극단으로 치달리기도 한다. 사람들은 각양각색의 덫에 걸려도 아픔이 무뎌지면 뿌리 깊은 나무처럼 어떤 위기에도 흔들리지 않을 터지만 산짐승에게는 고통스럽게 목숨을 잃는 무서운 일이다.

멧돼지의 흔적만 보고 놀란 나를 보고 동숙 씨가 몹시 미안한 표정으로 웃는다. 남편이 덫을 놓은 줄 몰랐다며 다음에는 혼자 가지 말고 같이 가잖다. 생존을 위해 농작물을 파헤치는 멧돼지를 어찌 탓할 수 있으랴만 동숙 씨가 같이 가준다고 해도 덫에 대한 두려움으로 한동안 고구마밭 출입은 못 할 것 같다. 올해는 고구마 줄기로 김치 담그는 건 포기해야겠다.

독한 여자

계절 바뀌는 틈새에 세 번이다. 두 번은 확실한데 세 번째엔 실체를 못 봤으니 무언지 알 수 없다.

처음엔 말벌이었다. 키우는 것도 아닌데 처마 밑에 말벌집이 매달려있다. 눈에 띄는 대로 제거를 하지만 미처 발견하지 못하면 어느 것은 축구공만 하고 작은 것은 주먹만 하다. 문 열고 살아야 하는 여름엔 말벌이 집 안으로 들어와도 스스로 알아서 밖으로 나간다. 날이 조석으로 쌀쌀해지기 시작하면 작은 틈만 생겨도 집 안으로 들어온다. 생각없이 창문을 열어놓았다간 낭패다. 커튼과 천정에 붙어 있는 말벌들의 눈치를 보며 행동도 조심스러워진다.

그날 밤은 검은 등 말벌 한 마리가 거실 등을 향해 날아들었다. 밝은 등과 부딪히기를 반복했다. 늘 있는 일이라 괘념치 않았다. 늦은 밤까지 원고 교정을 보다 거실에서 잠이 들었다. 잠자리에서 뒤척이는 순간 극심한 통증에 잠이 깨었다. 불빛이 사라지자 날지 못하고 바닥을 기던 말벌이 오른쪽 허리 밑에 붙어 있다가 움직임에 놀랐는지 침을 쏘았다. 예리한 칼에 베인 것처럼 쓰리고 따갑고 가려웠다. 옷깃이 조금만 스쳐도 통증이 심해 잠을 이룰 수가 없었다. 일주일이 넘도록 쏘인 자리가 선명하고 주위가 넓게 부어있었다.

며칠 후, 아로니아를 따러 갔다. 말이 밭이지 제대로 관리를 하지 않아 잡풀이 무성했다. 그곳에서 여러 군데 쐐기에 쏘였다. 황갈색의 쐐기나방 유충이다. 긴바지와 긴소매 옷을 입었어도 오른쪽 팔뚝과 왼쪽 허리 위에 쏘였다. 말벌에 쏘인 것만큼은 아니어도 쓰리고 아프고 가려웠으나 거두지 않으면 버려질 열매가 아까워 한나절을 버텼다. 닷새쯤 지나자 쐐기에 쏘인 자리가 옅은 갈색반점을 남기고 가려움증이 가라앉았다.

세 번째는 무언지 모르겠다. 한동안 신지 않던 장화 속에 손을 넣다가 쐐기에 쏘였던 오른쪽 팔뚝을 또 쏘였다. 장화를 거꾸로 들고 털어도 아무것도 나오지 않는다. 물린 자국 주위로 탱탱하게 부어올랐다. 말벌이나 쐐기처럼 통증은 심하지 않은데 사흘이 지나도 부기가 빠지지 않고 몹시 가려웠다. 호된 경험을 겪고서야 가을은 갔다. 피부에 남아있는 희미한 흔적만 그날의 통증을 상기시키며 겨울이 왔다.

산골의 겨울은 도시의 겨울보다 춥다. 눈이 조금만 내려도 쉽사리 녹지 않고 그대로 쌓인다. 그 위를 지나는 바람조차 칼바람이다. 생명이 있는 모든 것들은 봄을 기다리며 동면에 든 듯 조용해서 독충에 대한 염려도 사라진다. 지루하면서도 자유로운 겨울이 가고 봄이 무르익기 시작하던 어느 날이었다. 이번엔 말벌과 쐐기에 쏘이는 일과 비교도 할 수 없는 일이 일어났다.

여느 때와 마찬가지로 잠자리에서 일어나면 잠옷을 벗고 자기 전에 벗어 놓았던 옷을 입는다. 그날 아침에도 무심하게 운동복 바지에 오른쪽 다리를 넣었다. 순간, 무어라 표현할 수 없는 통증에 소스라치게 놀라고 말았다. 이번엔 하체다. 무릎 안쪽을 물렸다. 피부에 닿는 느낌이 미끈거리고 차가워 소름이 돋았다. 바지를 벗어 털었다. 지네다. 빨간 머리와 수많은 빨간 다리, 검고 빛나는 몸체를 유연하게 흔들며 뻔뻔스럽게 바닥을 기어가는 한 뼘 길이가 주는 공포와 통증은 무한했다.

다리가 마비되는 시간은 짧았다. 허벅지에 모래주머니를 찬 것처럼 무겁다. 걷는 게 마음대로 되질 않는다. 금세 허리까지 감각이 무디어졌다. 그런데도 죽음에 대한 공포가 없다. 말벌에 쏘이면 쇼크사할 수도 있다지만 지네에게 물려 죽었다는 사람은 없으니 천 근 같은 다리를 끌고 집안일을 해도 마음은 태평이다. 하루가 지나자 몸이 가벼워지기 시작했다. 가족들의 태산 같던 걱정도 내려앉았다.

자신을 지켜내기 위한 독충들의 방어에 번번이 곤욕을 치르지만, 사람에게 받는 마음의 상처만 하랴. 말벌이나 지네처럼 무는 사람도 있고 매사에 쐐기를 박는 사람도 많다.

독충보다 더 강한 독을 지닌 사람들이다. 그들에게 한번 물리거나 쏘이면 몸보다 마음의 상처로 인해 인생이 휘청거리고 바닥까지 추락하기도 한다. 그러나 바닥을 치고 다시 올라올 때는 더 단단해지고 현명해져 독하게 생존하는 법을 알게 된다.

지난가을, 명절 연휴가 길어도 나들이는 꿈도 꾸지 못하는데 하나같이 행복하고 즐거운 추석 명절 보내라는 문자메시지나 카톡이 쉴 사이 없이 들어왔다. 허리가 휘도록 일하느라 누구에게도 답장을 하지 못했다. 차례 끝에 뒷정리가 끝나면 할 일이 넘친다. 마른 고추도 손질해야 하고 밤이나 도토리도 갈무리해야 한다. 이때쯤이면 온몸이 아파 물리치료를 받거나 마사지를 받는다, 특히 어깨와 손목이 제대로 움직이지 않아 불편하고 종종대고 다녀 다리도 무겁다. 그런데 별일이 생겼다, 종일 녹초가 되었다가도 자고 나면 거뜬해졌다. 독충 덕에 독을 품고 아프지 않다니, 이젠 다리까지 지네 독을 품었으니 온몸을 독으로 무장한 독한 여자가 되었다.

둠벙

여섯 마지기 논 한쪽에 둠벙이 있었다. 가뭄이 들 때마다 둠벙에 고인 물이 요긴하게 쓰였다. 그 물은 마르지 않았다. 가문 논에 물을 대느라 퍼 써도 다음 날이면 꼭 그만큼의 새 물이 다시 고여 있었다.

논일을 마친 아버지가 손발을 씻고 흙 묻은 삽이나 논둑에 무성하게 자란 풀을 베고 낫을 씻던 곳, 물속에는 미꾸리와 민물새우가 살고 우렁이도 있었다. 곤충의 유충도 함께 살아 주변으로 파충류나 조류들도 모여들었다. 농수로가 없던 시절, 습지 생태계인 둠벙은 농사철에는 요긴하게 물을 쓸 수 있는 곳이었다가 겨울이 되면 어른들의 놀이터가 되어 아버지의 무료함을 달래주는 장소가 되기도 했다.

가끔 한가한 오후에, 젊은 아버지는 둠벙의 얼음을 깨고 미꾸리와 새뱅이를 잡아 왔다. 그때마다 하얀 광목 앞치마를 두른 엄마의 발걸음이 바빠졌다. 무 구덩이의 입구를 단단하게 막고 있던 짚 뭉치를 빼내고 낫을 깊숙이 넣어 무를 꺼내고 미꾸리와 새뱅이까지 깨끗이 씻어 부엌에 들여놓는 일은 아버지의 일이었다.

나는 아직도 유년에 보았던 젊은 아버지와 엄마가 서로를 바라보던 깊고 따뜻한 눈빛을 기억하고 있다. 추운 부엌에서 대식구의 저녁을 지어야 하는 아내가 안쓰러웠을 터이고 염려해 주는 남편에 대한 고마움도 컸으리라.

저녁연기가 땅으로 깔리고 어둑해져야 안방 문이 열린다. 찬바람과 함께 들어온 밥상 위에서 피어나던 알싸한 매운탕 냄새를 어찌 잊으랴. 매운 양념으로 숯불에서 자작하게 졸인 미꾸리 냄비는 아버지의 몫이고 큰 냄비에 무를 넉넉하게 썰어 넣고 끓인 얼큰한 새뱅이 찌개는 대가족이 둘러앉아 먹어도 풍족했던 것은 충실하게 제 역할을 했던 둠벙

덕이었다.

휘발된 추억을 소환한 것은 가까이 지내는 문우였다. 누군가를 내게 소개하면서 둠벙 같은 사람이라고 했다. 왜 그리 반가웠을까. 말라가는 벼포기를 적셔주고, 겨울이면 우리 집식구들에게 가끔 호사스러운 밥상을 차리게 했던 둠벙이 아닌가. 유년의 풍성한 저녁 밥상이 떠오르고 돌아가신 아버지가 그리워졌다. 소개만 받았을 뿐인데도 고향 집으로 돌아가는 것처럼 마음이 따듯해졌다.

식사 자리에서 마주한 둠벙 같은 사람은 말수가 적었다. 서로의 관계를 따지자면 그는 갑이고 눈치 보며 부탁하는 나는 을이다. 단체의 장을 맡고 늘 행사비 부족으로, 또는 새로운 사업을 추진하면서 필요한 경비 마련에 전전긍긍하다 보니 나도 모르게 싸움닭처럼 덤비는데 그의 눈빛은 고요하다. 말은 거칠지 않고 잔잔하다. 두서없는 내 말을 경청하고 메모하며 조용한 미소로 나의 조급함을 달랜다. 내 요구 사항이 받아들여지지 않는다고 해도 전혀 섭섭하지 않을 것 같은 편안함은 불편하다고 내치지 않는 그의 둠벙 같은 성품이었다.

나를 바라보는 두 가지 시선이 있다. 하나는 타인이 보는 나이며 다른 하나는 나 자신이 보는 나다. 두 시선 중 어느 것이 더 정확하다고 일률적으로 말하기는 어려울 것이나 객관적인 거리에서 나를 바라보는 타인의 시선이 정확하지 않을까. 문우는 그 사람을 둠벙 같은 사람이라고 표현했다. 그러면 타인들이 바라보는 나는 무엇과 비교될까.

바다처럼 넓거나 깊지 않고 강물처럼 흐르지 않는 둠벙의 일정한 삶을 그에게서 본다. 넘치거나 마르지 않는 성정을 지녔다. 무엇보다 모든 걸 포용하면서도 내색하지 않는 겸손함이 매력이다. 진실한 한 사람의 영혼이 다른 이에게 영향을 끼친다면 그것은 축복 아니겠는가.

유년의 로망이 담겨있는 언어에는 상실한 본향에 대한 향수를 그리워한다. 고향이 박제되어있는 나에게 여전히 눈물겹게 살아있음을 일깨워 주는 둠벙, 그리고 둠벙 같은 사람이 있다.

뒤로 가는 밥상

일 년 중 시월 한 달은 시간이 촘촘하다. 주말마다 챙겨야 하는 애경사와 외부 행사도 중요하지만, 저장 반찬 만드는 일로 된 길의 연속이다.

단풍 들기 시작하면 들깨도 여물고 잎은 노르스름해진다. 이때쯤 단풍 든 잎을 따서 소금물에 삭혀야 한다. 이어서 서리 내리기 전에 풋고추를 딴다. 약이 오른 것은 지고추로 삭히고 덜 매운 것은 고추부각을 만든다. 지고추의 쓰임은 다양하다. 동치미 담글 때 넣고 밥맛 없을 때 고추장으로 무쳐놓으면 밑반찬으로 안성맞춤이다. 무엇보다 만두소 재료로 그만이라서 삭혀야 할 양도 만만치 않다.

고추부각을 만들려면 일주일의 시간이 소비된다. 부각이 마무리되면 삭혀 놓은 깻잎을 씻어 물기를 말리고 한 장 한 장 펴서 양념장을 바르고 항아리에 꼭꼭 눌러 담는다. 해종일 해야 하는 일이다. 아무리 많이 만든 부각도, 깻잎 김치도 동기간들에게 나누어 주다 보면 남는 게 별로 없다.

보리쌀 띄워 고추장 담그는 일이 끝나면 시월이 간다. 그렇다고 미틈달이 편안한 건 아니다. 김장과 메주 쑤는 일이 기다리고 있다. 김장이 마무리되면 남은 무를 소금에 절여 놨다가 고추장장아찌도 담가야 한다. 일에 매여 있는 나를 보고 주위에선 조금씩 대충하라고 한다. 없으면 사서 먹으면 될 일을 힘겹게 한다고 타박도 한다. 식구들은 밥하는 일도 귀찮으면 외식하란다. 고전적인 사고방식을 버리라고 한다.

시루에 콩을 안쳐 콩나물을 길러 먹던 일, 맷돌에 콩을 갈아 두부 만들던 일은 아주 먼 얘기가 되었다. 김장하는 일도, 고추장이나 된장 담그는 일도 점점 멀어지고 있다. 저장 반찬 만드는 일도 힘들다고 하지 않는다. 대량 생산하는 것을 사서 먹는 가정이 대부분이다. 뒤로 밀려나는 것들을 붙잡고 있는 내가 미련한 것일까.

어릴 적, 간식은 메뚜기볶음과 동네 아주머니가 다니던 제사공장에서 얻어다 주는 누에번데기였다. 혐오감도 없이 고소한 맛에 길들었다. 지금은 메뚜기는 선뜻 손이 가지 않아도 번데기는 잘 먹는다. 오죽하면 가족여행을 가면 아이들이 제일 먼저 사 주는 게 번데기다. 식당 밥을 먹을 때 밥상 위에 번데기가 놓여있으면 당연하게 내 앞으로 밀어주고 접시가 비기 무섭게 추가 주문해준다. 식구들은 아무도 먹지 않고 혼자만 먹는다.

요즘 민망한 먹거리가 친환경적인 미래 식량으로 뜨고 있다. 맛보다는 단백질과 지방이 풍부하고 칼슘과 철, 아연 등 무기질 함량이 높아 식량난 해결에 곤충만큼 좋은 게 없다고 한다. 과거에 즐기던 먹거리가 현재는 혐오 식품으로 밀려나 있지만 미래의 소중한 식량자원이 될 줄을 어찌 알았겠는가.

내가 만드는 저장 식품은 소금 함량이 높아 만병의 근원이라 하는 사람도 있다. 짭짤해서 밥도 더 먹게 되니 탄수화물 섭취도 늘 수밖에 없어 답변할 말이 없다. 인스턴트 음식보다는 낫다는 궁색한 변명만 늘어놓는다. 그러나 지금은 과거의 밥상으로 밀려나는 중이지만 곤충 식량 시대가 지나면 다시 미래의 음식으로 화려하게 부활할지는 아무도 장담할 수 없는 일이다.

우리 집도 외식하는 횟수가 늘어간다. 엄마의 무리한 노동을 막으려는 아이들 요구다. 처음에는 식사하고 나면 같은 마음으로 같은 말을 했다. 무언가 허전하고 돌아서면 지급한 밥값이 아깝단다. 귀찮아도 집에서 먹을 걸 그랬다고 후회하고 집으로 돌아오면 무언가 조금이라도 먹었다. 외식한 다음 날은 쥐코밥상이어도 불평이 없었다. 내심 뒤로 가는 밥상이 아니라서 다행이라고 생각했는데 어느새 달달한 식당 음식에 길들었는지 불평불만이 사라졌다. 외식을 당연하게 여긴다.

올 시월은 한가하겠다. 여행을 떠나도 좋겠다. 그런데 섭섭해지는 마음은 무얼까.

바람으로

봄날은 꿈결처럼 왔다가 속절없이 간다. 꽃이 피고 지는 풍경은 한바탕 꿈같은 세상을 비추는 거울 같기도 하다. 생명의 본연이 무舞에서 시작되어 죽음의 끝과 이어져 있듯이 찬란한 봄은 가을이면 맞이할 죽음이 예견되어 있다. 봄날이 아름다운 것은 흔적만 남기고 사라지기 때문인가.

오래 전에 봉안당을 지었다. 양지바른 선산 초입에 터를 잡고 목재를 사용하고 기와를 얹어 사당처럼 아늑하다. 주변에는 잔디와 나무를 심어 일선에서 물러난 종친들이 수시로 잡초를 제거하고 나무도 보기 좋게 다듬어 놓아 마치 부잣집 정원처럼 보기에도 좋다. 사후에 머물러야 하는 곳이라 정성을 다하는 것인지도 모른다.

봄바람이 부는 날, 봉안당을 찾았다. 한기 끝에 매달린 영산홍 꽃망울이 왠지 안쓰럽고 마음을 숙연하게 한다. 생명을 잉태하고 산고를 겪으며 탄생시켜야 하는 숙명을 지닌 여인네들의 계절이라 그러하리라. 탄생의 끝에는 어찌할 수 없는 죽음이라는 낭떠러지가 있어도 지켜줄 수 없으니 엄중한 삶 한가운데서 기쁨과 슬픔을 함께 겪는 게 당연한지 모른다.

삶과 죽음의 경계가 모호해지는 이곳에 오면 생각이 앞서간다. 이젠 무덤이 없으니 개사초 改莎草를 하지 않아도 된다. 음력 2월에 한식이 들면 사초를 하고 3월에 들면 사초를 하지 않는 것이 관례나 굳이 따지지 않아도 되는 편리함이 있어 좋다. 달라지는 장묘문화는 빠르게 변해가는 세태에 금초와 사초 때문에 후손들이 짊어져야 하는 짐을 덜어주고자 함이다. 아마도 다음 세대에는 점점 간소해지고 있는 제사마저 아예 사라질 거라는 생각은 나뿐만 아니라 누구나 하고 있을 터다. 그러한 이유가 아니라도 나는 봉안당

앞에 서면 관습에 얽매어 자유롭지 못했던 삶이 죽어서도 한자리에 묻혀있거나 아무런 의미 없이 한 줌의 재로 항아리 속에 담겨 이곳에 갇혀 있어야 하는 것이 싫다. 무엇보다 사랑했던 사람들이 내게 연연해하는 게 부담스러워 무덤도 수목장도 원치 않는다. 처음엔 섭섭할지 몰라도 흔적 남기지 말고 부드러운 흙과 섞어 되묻는 자연장이 좋다.

> 내 무덤 앞에 서지 마세요/ 그리고 풀도 깎지 마세요/ 나는 그곳에 없답니다/ 그곳에 잠들어 있지 않아요/ 나는 불어대는 천 개의 바람입니다/ 나는 흰 눈 위의 다이아몬드의 반짝입니다/ 나는 익은 곡식 위에 내리는 태양 빛입니다/ 나는 당신께서 고요한 아침에 깨어나실 때 내리는 점잖은 가을비입니다/ 나는 원을 돌며 나는 새들을 받쳐주는 날쌘 하늘 자락입니다/ 나는 무덤 앞에 빛나는 부드러운 별빛입니다/ 내 무덤 앞에 서지 마세요/ 그리고 울지 마세요/ 나는 그곳에 없답니다/ 나는 죽지 않았답니다.

〈천 개의 바람〉이라는 어느 인디언의 시다. 무덤 없이 맑은 영혼이 되어 천 개의 바람으로 반짝인다면 이 세상은 얼마나 아름다울 것인가. 장묘문화가 빠르게 변해간다고 해도 유교 사상에 깊숙이 배어 있는 현실에서는 아직 쉽지 않은 일이지만 공감되고 고개가 끄덕여진다.

사후의 세계는 알 수 없다. 육체는 사라져도 자유로운 영혼은 자연의 일부로 남아 아름다운 무엇이 되고 싶다는 것은 바람이고 생각일 뿐일지 모른다. 분명한 것은 그림자조차 거느리지 않는 그리움을 안고 한동안 힘들어할 피붙이들을 아프게 하고 싶지 않음이다. 내 삶이 멈추고 나면 어찌할지는 자식들의 몫이지만 결코 짐이 되는 걸 원하지 않는다. 기회가 있을 때마다 유언처럼 하는 진중한 부탁이다.

지천으로 피었던 봄꽃이 지기 시작하면 곱고 빛나던 시간도 함께 떠나갈 것이다. 속절없는 삶의 끝에서 만나는 그 애처로움의 순간은 모두에게 보편적이므로 생명이 계속되는 한 영원할 터, 나는 내 삶의 무대를 떠나면 사계절 자유롭게 불어가는 바람이 되고 싶다.

정명숙 수필집

청어